Julia Thiele, 1985 in Berlin geboren,
ist ein wahres Großstadtkind mit viel Liebe für
Alltagsmagie, die einem dort täglich begegnet.
Dies ist ihr erster Roman.

Mehr: www.juliathiele.de

Mein letztes Heute

Julia Thiele

Originalausgabe 2022
Das Werk ist urheberrechtlich geschützt.
Copyright © 2022 Julia Thiele
Umschlaggestaltung: Julia Thiele
Satz: Julia Thiele
Herstellung und Verlag: BoD – Books on Demand, Norderstedt

Dieser Titel ist auch als E-Book erschienen.

ISBN: 978-3-756-29397-1

Für Charlie

»Es gibt überall Blumen für den, der sie sehen will.«

Henri Matisse

Prolog

Heute ist der Tag, an dem ich sterben werde.

Morgen werde ich nur noch eine Erinnerung sein. Ich spüre, wie sich der Moment wie eine Schlinge enger und enger um mich zusammenzieht. Gelähmt von der Kürze der Zeit warte ich allein in der Dunkelheit. Warte auf das finstere Nichts. Meine Nachttischlampe versucht mit ihrem schwachen Schein, mein Gemüt aufzuhellen.

»Was mache ich denn jetzt?«, frage ich sie, bekomme aber keine Antwort.

Plötzlich bin ich mittendrin – im letzten Tag meines Lebens. Dabei bin ich noch längst nicht bereit ...

Wieso wurde *ich* bei der Entscheidung über den Zeitpunkt meines Todes eigentlich nicht gefragt? Sollte ich bei so einem ~~lebenswichtigen~~ lebensbeendenden Beschluss nicht auch mitreden dürfen? Habe ich etwa kein Stimmrecht? Kein Veto?!

Mein bebendes Herz ist in dichten Nebel gehüllt. Ich fühle mich dunkelblau.

Gewitterwolken brauen sich in meinem Kopf zusammen. Kurz davor, sich in meine Gedanken auszuschütten. Ist es zu spät für lebenserhaltende Maßnahmen? Ich brauche nur etwas mehr Zeit. Zeit für ... *alles*!

In meinem Gehirn kracht es. Ein Donner grollt hinterher. Ich hebe die Hände und spüre den Wolkenbruch hinter meinen Schläfen. Die ersten Regentropfen rinnen mir über die Wangen. Aus Dunkelblau wird Tiefschwarz.

Mein kurzes Leben lang habe ich mich immer gefragt, ob ich alt werden würde. So richtig dreistellig alt. Ob ich auf ein intensives Leben zurückblicken würde.

Eines, das am Ende nur noch hauchdünn und abgenutzt ist. Wie würde ich wohl als Oma sein? Würde ich so runzlig und glücklich aussehen wie meine eigene Großmutter, die ich nur von alten Fotos kenne? Würde ich eines späten Tages einfach zufrieden einschlafen?

Heute kenne ich alle Antworten. Keine Fragezeichen mehr, nur noch Punkte.

Ich werde kein langes Leben haben.

Punkt.

Werde keine Oma sein, weil mir nicht mal mehr die Zeit bleibt, Mutter zu werden!

Ausrufezeichen.

Ich werde mit einem Ruck aus dem Leben gerissen. Nicht mal meinen zweiundzwanzigsten Geburtstag darf ich noch erleben.

Ich bin dabei, alles zu verlieren. Oder habe ich nichts zu verlieren?

Ich weiß es nicht ...

Ein Sturm rauscht in meinem Inneren und wirbelt sämtliche Gefühle durcheinander. Unter mir sammelt sich das Regenwasser zu einer Pfütze.

Welche Erinnerungen an mich werden bleiben? An was wird sich mein Vater erinnern und woran meine Freunde? An mein schön aufgeräumtes Zimmer? Meinen Lippenstift am Rotweinglas? Meine Scheiß-Prüfungsnoten?

Das Wasser steigt in sanften Wellen. Die stille Glühbirne versinkt und ihr Leuchten erstickt. Ich schließe die Augen, während mich die Flut umspült.

Wird der Klang meines Lachens bleiben? Ich wünsche mir, dass der Klang meines Lachens das ist, was von mir bleibt.

Das Salzwasser reicht mir inzwischen bis zum Kinn. Ich öffne die Augen. Nein, nicht so. Kein Tod durch Ertrinken! Es ist noch nicht zu spät! Noch nicht zu spät für ein erfülltes Leben. Ein paar Stunden habe ich schließlich noch. Und wer sagt denn, dass diese letzten nicht sogar die wichtigsten von all den vielen, vielen Stunden sein werden.

In einiger Entfernung treibt mein Mut auf der Wasseroberfläche. Ich befreie mich aus den Gewittergedanken. Löse mich aus der Schockstarre und schwimme ihm entgegen. Mir bleibt immerhin dieser letzte Tag. Mein letztes Heute.

01

Am Morgen zuvor

Meine Augen blinzeln ins schläfrige Zimmer, das in rötlich verschwommenes Licht gehüllt ist. Hinter den Vorhängen schimmert ein frischer Tag. Die schwere Bettdecke drückt mich tief in mein zerwühltes Bett. Mir ist übel. Ich will mich mit dem Morgen versöhnen, aber die letzte Nacht macht es mir schwer. Erschöpft drehe ich mich um und blicke zu Herbert.

»Erst mal keinen Merlot mehr für mich!«, sage ich und tippe auf sein dunkelgrünes Blatt, das neugierig bis über mein Kissen ragt. Er nickt still. Mein Magen knirscht leise. *Es ist zu früh,* flüstert das Buch, als ich durch dessen Seiten blättere. Ein paar Seiten nur, zum Wachwerden. Ich ziehe die Geschichte zu mir unter die Decke, damit der Tag uns nicht findet.

Meine Ohren summen, als ich gegen Mittag in die Küche schlurfe. Auf dem Tisch liegt ungefiltertes Sonnenlicht. Es erleuchtet den Raum hell und warm. Der meterhohe Berg schmutzigen Geschirrs wirft lange Schatten.

Typisch Elvy.

Wie so oft beginne ich mein Frühstück damit, eine Tasse im gewaltigen Porzellan-Monument zu finden und operativ zu entfernen. In nicht mal dreißig Sekunden habe ich sie sauber gespült.

Was ist daran bloß so schwierig? Vielleicht bin ich heute nicht fürs WG-Leben gemacht.

Danach suche ich in einer Schublade aus vielen kleinen Teebeuteln meine Lieblingssorte Kamille Vanille heraus und werfe das weiche Viereck in die nassglänzende Tasse. Im Brotkorb finde ich nur traurige Krümel.

Fantastisch. Das Teewasser brodelt wie ich.

Aus dem Kühlschrank hole ich die Hafermilch und schütte sie in den frisch aufgegossenen Tee. Da ich hauptsächlich solarbetrieben bin, setze ich mich, statt etwas zu essen, in die schweigende Sonne. Ein heller Ton schwingt leise in meinen Ohren. In meiner dampfenden Tasse tobt ein Tornado. Die quellenden Milchwolken lösen sich langsam auf, bis nur noch eine gleichmäßig hellbraune Flüssigkeit in der Tasse kreist. Allmählig werde ich wach. Der heiße Tee beschwichtigt meinen Magen und es geht mir langsam besser. Ich genieße die Ruhe, bis die Uhr an der Wand mit ihrem langen Zeiger ungeduldig winkt.

02

Vor unserer Wohnungstür wartet ein prallvoller Müllbeutel auf mich.

Immerhin hat er es schon bis hierher geschafft.

Ich schließe die Tür ab und schleife die schwere Tüte
bis zum Treppenabsatz. Auf meinem Weg nach unten
begleiten mich die üblichen Hip-Hop-Bässe aus dem
vierten Stock. Die WG schallt gern ihren fragwürdigen
Musikgeschmack zur Unterhaltung aller durch die dünnen Wände. Meine Füße sausen die Stufen hinab. Die
zum Zerreissen gespannten Plastikgriffe schneiden
sich mit jedem Schritt tiefer in meine Finger.

Unten angekommen, stemme ich mit dem Rücken
die große Holztür auf und schlüpfe rasch hinaus in den
Innenhof. Der Müllbeutel plumpst träge in die schwarze Tonne. An der efeubewachsenen Wand gegenüber
lehnt mein pfirsichfarbenes Fahrrad. Das Vorderrad
friedlich in die immergrünen Blätter gekuschelt.

»Wir müssen jetzt schleunigst los«, sage ich ent-
schuldigend und frickle einen winzigen Schlüssel ins
Fahrradschloss. »Sonst kommen wir noch zu spät zu
meinem Termin.«

Mit einem zahmen Quietschen löst sich mein Rad
aus dem Stillstand und gemeinsam schieben wir uns

zum Vorderhaus. Auf der Straße hinter dem Tor strahlt uns die tiefe Mittagssonne überschwänglich entgegen. Ich hebe die Hand zum Gruß vor meine geblendeten Augen. Dann schwinge ich mich auf den Sattel und trete unseren Ausflug los. Gemeinsam kurven mein Fahrrad und ich auf dem Bürgersteig um die großen und kleinen Pflanzentöpfe eines Blumenladens herum. Fahren vorbei am Späti und am Bäcker mit dem besten Baklava der Stadt. Weichen auf die Straße aus, als uns ein Kind mit einem großen Helm auf seinem Laufrad entgegenkommt. In Schlängellinien eiert es hoch konzentriert an uns vorbei. Sein Papa läuft wie ein persönlicher Motivationscoach applaudierend nebenher.

Die Sonne wirft motiviert ihr Licht zwischen den Häusern hindurch zu uns auf die Straße. Die kahlen Bäume malen ihre Schatten auf bunt besprühte Häuserwände. Ich bin viel zu warm angezogen. Mein Parka schmiegt sich an mich, während ich kräftig in die Pedale trete, um den kühlen Fahrtwind in meinem Gesicht zu spüren. Zügig gleiten wir quer durch den Kiez. Zwischen spitzen Ästen singen ein paar fröhliche Vögel die Melodie des Frühlings. Es duftet nach Wochenende. Heute wird ein *guter* Tag, ich fühle es.

03

Langsam rollen wir bis zum Ende einer breiten Fahrrad-
straße und halten vor einem Ärztehaus an. Ich schließe
mein Rad an seinem üblichen Platz an und gehe durch
die Automatiktür ins Foyer. Die Dame am Empfang
begrüßt mich wie jeden Gast mit einer geballten
Ladung Ignoranz. Mein freundliches *Hallo* prallt an ihr
ab; ich ernte nur mürrische Stille und einen genervten
Blick über den Rand ihrer eckigen Brille. Die große Uhr
über dem Fahrstuhl erinnert mich daran, dass ich mich
beeilen muss.

In der fünften Etage betrete ich den Vorraum der neuro-
logischen Praxis. Es beginnt ein längst einstudierter
Tanz.

»Hallo Frau Zeiss, ist es schon wieder so weit, ja?«
Hinter dem Tresen rollt sich Magdalena auf ihrem
Bürostuhl vor den Computer. Während ihre Zeigefinger
sich einzelne Buchstaben aus der Tastatur picken, wa-
ckelt der Dutt auf ihrem Kopf.

»Ja ja, ist es wohl«, antworte ich und zücke meine
Krankenkassenkarte.

»Haben Sie auch neue Bildchen dabei?«

Ich reiche ihr eine schmale Hülle mit einer silberglänzenden CD. Nach ein paar geübten Handgriffen schiebt sie mir die Karte wieder zu und erhebt sich ächzend vom Stuhl.

»Na, dann kommen Sie doch am besten gleich mal mit zum Blutabzapfen, haha.«

Wir gehen in den kleinen Nebenraum. Hier ist *alles* weiß.

»Warm ist es heute, finden Sie nicht auch?« Magdalena öffnet eine der zahlreichen identisch aussehenden Schubladen, während ich mich auf die Patientenliege setze und meinen Jackenärmel hochkrempele.

»Viel zu heiß für diese Jahreszeit. Haben die vorhin im Radio gesagt. *Aufpassen,* wird mal kurz kalt ...« Ein paar Sekunden lang riecht es nach Ethanol.

»Ich finde das Wetter schön.«, sage ich.

»Ja, ist schon schön, ist schon schön. *Achtung,* kleiner Pieks. Aber normal ist das nicht für Anfang März, sagen die.«

»Nee, normal ist das bestimmt nicht«, antworte ich und beobachte, wie die Spitze der Kanüle in meiner Haut verschwindet.

»Und morgen soll es sogar *noch* wärmer werden. Ich nehme heute zwei Portionen, ja? Irgendwas mit Sahara-Winden hieß es. Also nehmen Sie sich was Schönes vor, Frau Zeiss. Den Wattebausch bitte noch feste draufdrücken.« Sie zwinkert mir zu, zwei Röhrchen meines dunkelroten Blutes in den Händen.

Ein paar schlanke Sätze von der nicht ganz so schlanken Sprechstundenhilfe später sitze ich gemeinsam mit einer anderen Frau im Wartezimmer. Sie liest eine Zeitschrift unter einem knallbunten Kunstdruck. Drei Kreise auf acht Quadraten. Ich warte neben dem kleinen Fenster zur Straße. So schönes Wetter und ich hocke hier drinnen. Statt einer Uhr sehe ich auf meinem Handgelenk nur den briefmarkengroßen milchkaffeefarbenen Fleck in der Form Australiens, der mich schon immer begleitet. Auf der Suche nach der Uhrzeit ziehe ich mein Handy aus dem fast leeren Rucksack. Was, so spät? Ich schlendere eine Weile durchs Internet, wische durch einen endlosen Stream quadratischer Bilder und verteile gedankenlos Herzen. Meine Schulfreundin Mel postet ein Foto von einem übervollen Eisbecher mit Streuseln.
    I like.

Im Behandlungszimmer begrüßt mich Dr. Fahim mit einem kräftigen Händedruck. Geschäftig nimmt er wieder hinter seinem Schreibtisch Platz, während ich mich auf die ihm gegenüberliegende Seite setze und viel lieber ein Eis essen möchte.

04

Dr. Fahim trommelt mit seinen Fingern auf meiner Patientenakte.

»Frau Zeiss, wie geht es Ihnen?«, fragt er.

»Gut, gut.«

»Etwas genauer, bitte«, verlangt er ernst. »Haben Sie in letzter Zeit vermehrt Schwindelgefühle? Wie ist Ihr allgemeiner Erschöpfungsgrad?«

»Joah, also ich bin gerade erst aus der Prüfungsphase raus, daher bin ich natürlich schon etwas kaputt–«

»Schwindel?«, unterbricht er mich.

»Nicht wirklich, nein«, überlege ich. Nicht *vermehrt*.

»Würden Sie sagen, dass sich Ihre Sehkraft verschlechtert hat?«

»Was ist denn das heute für ein Verhör?«, witzle ich. Er lacht nicht.

»Also manchmal habe ich eine Art Schleier vor den Augen. Aber nicht schlimm. Und auch nicht oft«, sage ich und durchsuche meine Jackentaschen erfolglos nach Kaugummis. Dr. Fahim tippt auf der lauten Tastatur herum und wirft seinen Blick tief in den Monitor. Bis auf das gelegentliche Klicken seiner Maus ist es vollkommen still. Plötzlich werde ich nervös.

Zerstreut wühle ich in meinen Sachen herum.

Irgendwie ist die Stimmung heute anders. Bilde ich mir das nur ein? *Wo sind denn meine Kaugummis, verdammt?*

Dr. Fahims Räuspern reißt mich aus dem Rucksack und als ich aufblicke, treffen mich zwei schwarze Augen direkt ins Mark.

»Frau Zeiss, der Befund Ihres jüngsten MRTs weist eine deutlich erkennbare Anomalie auf. Wir sehen eine hohe Dichte an entdifferenzierten Zellen.«

Dr. Fahim macht eine quälend lange Pause und hat mich mit seinem Blick fest im Griff. Meine Augen starren zurück. Ich traue mich nicht, mich zu bewegen. Er holt tief Luft, bevor er seinen Blick abwendet und mich fallen lässt.

»Ihre Schnittbilder zeigen multiple Neurofibrosarkome an peripheren Nerven. Neue Wucherungen, Frau Zeiss. Diese haben zunächst Missempfindungen und Sensibilitätsstörungen wie beispielsweise eine Verminderung der Sehkraft zur Folge.«

Er blättert in meiner Akte. Ich fühle mich in den Moment vor neun Jahren zurückgeschossen, als ich das erste Mal hier saß. Als Mama ganz fest meine Hand drückte und ich beobachtete, wie die Falte zwischen Dr. Fahims Augenbrauen immer tiefer wurde. So tief wie jetzt war sie noch nie.

»Bei Ihnen ist vorrangig der achte Hirnnerv betroffen, was die Veränderungen in Ihrem Audiogramm erklärt.«

Er schiebt ein Blatt Papier zu mir. Ich schaue auf zwei abfallende Kurven auf kariertem Untergrund. *Aha.* Wieder räuspert er sich und fährt fort: »Nach einer Konsultation mit meinen Kollegen von der Neurochirurgie muss ich Ihnen leider mitteilen, dass aufgrund der netzartigen Wucherung der Glioblastome eine Operation in Ihrem Fall ausgeschlossen ist.«

Moment, Operation?

»Ich verstehe nicht ...«, sage ich kopfschüttelnd.

»Frau Zeiss«, verkündet Dr. Fahim eindringlich, »wir sprechen hier von *bösartigen* Tumoren der Kategorie 4.«

»Ich verstehe nicht ...«, höre ich mich wiederholen.

»Diese Entwicklung ist bei Ihrem Typ 2 der NF relativ selten.«

Meine Augen wandern träge nach unten. Beobachten meine Finger dabei, wie sie zittrig einen Kaugummi aus der Packung fummeln.

»Was jedoch problematischer als die multiple Wucherung ist«, *Ach, es gibt noch eine schlechte Nachricht?* »ist die gegenwärtig offenbar drastische Beschleunigung Ihres Krankheitsverlaufes.«

Drastisch?

»*Drastisch?*«

»Ihre Blutwerte weisen heute eine starke Veränderung Ihrer metabolischen Daten auf. Wir sehen eine hohe CRP-Konzentration, Ihr LDL-Wert liegt über der Norm.« Er schwenkt den Monitor schräg zu mir. Ich rücke auf meinem Stuhl näher heran. Der Bildschirm zeigt eine große Tabelle mit unendlich vielen Zahlen. Ich kneife die Augen zusammen und suche die Zeile, in der *Sie werden sterben* steht.

Dr. Fahim zeigt auf eine Zahl mit sehr vielen Nachkommastellen. Fachbegriffe hageln auf mich herab. Seine Worte vermischen sich zu einem klebrigen Brei, den ich nicht verdauen kann. In meinen Ohren rauscht das Meer.

»Heißt das – das war's jetzt?«, fragt mein Mund.
Er blättert erneut durch die Akte. Schweigt.

»Wie lange bleibt mir noch?«

»Nun, genau genommen ...«, wieder macht er eine schrecklich lange Pause, in der sich meine Augen mit Wasser füllen. Dr. Fahim senkt den Kopf in dem verschwommenen Aquarium. Diesmal schaut er mich nicht an, sondern heftet einen entschuldigenden Blick auf seinen Schreibtisch. Mein Kaugummi ist hart und schmeckt nach Beton. Mein Kiefer verkrampft.

»*Also?*«, frage ich zu laut.

Seine schattigen Augen wirken plötzlich stumpf und fremd.

»So genau kann man das nie prognostizieren ...«

»Aber irgendwas haben Sie doch erzählt mit den Lipidwerten ... *Sie* haben doch beim letzten Mal gesagt, es sähe alles so gut aus. Es sei alles *stabil!*«

Er schaut zurück auf den Monitor.

»Werde ich denn die nächste Woche noch erleben?«

»Möglicherweise«, antwortet er gepresst.

Das sollte ein Scherz sein.

»Das ist natürlich lediglich eine Prognose, Frau Zeiss. Selbst aus medizinischer Sicht lässt sich der Zeitpunkt Ihres Ablebens nicht mit Bestimmtheit voraussagen.«

Der Zeitpunkt meines Ablebens ...

»Wir sprechen hier allerdings mit relativ großer Wahrscheinlichkeit eher von Tagen als Wochen«, fügt er nach einem Moment des Schweigens leise hinzu.

Ich schlucke den Kaugummi herunter. Er knallt auf den Grund meines Magens und löst eine Erschütterung aus, die bis in meinen Kopf dröhnt. Ich weiß nicht, ob ich lachen oder weinen soll, und entscheide mich für keines von beidem.

»Aber, wie gesagt: Es ist und bleibt zu diesem Zeitpunkt eine *hypothetische* Vorhersage anhand Ihres *bisherigen* Krankheitsverlaufes. Trotz der klinischen Befunde können Ihnen durchaus ein paar Tage mehr bleiben.« Ein Beschwichtigungsversuch. Jedem seiner Worte folgt ein hallendes Echo.

»Oder auch ein paar Tage weniger?« Meine Stimme bricht. *Wo kommt das alles plötzlich her? Das ist lächerlich!*

Auf der anderen Seite der Tür klingelt das Telefon. Es donnert seine aggressive Melodie wieder und wieder gegen die Tür. Niemand geht ran. Ich will hinausstürmen, zum Empfang rennen und dann irgendwas in den Hörer brüllen. Egal, was. Stattdessen bleibe ich auf dem harten Plastikstuhl sitzen. Meine Zähne sind aufeinandergepresst, meine Hände umklammern die Kaugummipackung.

Es ist nichts mehr übrig, das noch gesagt werden muss. Und doch sehe ich Dr. Fahim reden. Sein Mund bewegt sich, seine Worte verfehlen mich jedoch. Hin und wieder schwingen einige nah genug an meinem Ohr vorbei: Symptomatisch. Gabapentin. Palliativ.

Vermutlich ist eines davon mein Stichwort zu gehen, denn er beendet seinen Monolog und schaut mich fragend an. Ich nicke automatisch und merke, wie meine Beine sich bereits zum Aufstehen entschieden haben.

Als ich den kalten Türgriff unter meiner schwitzigen Hand fühle, halte ich kurz inne. »Danke«, sage ich und weiß eigentlich gar nicht, wofür.

»Alles Gute!«, sagt Dr. Fahim wehmütig zu meinem Rücken. Wie jedes Mal.

Bis auf die letzten Worte, die lässt er heute weg.

›Alles Gute; *wir sehen uns in drei Monaten.*‹

05

Die Sprechstundenhilfe lächelt mir im trüben Empfangsbereich hell entgegen. Meine Stimmbänder vibrieren, mein Mund bewegt sich. Meine Füße tragen mich über die Türschwelle.

Was ist hier gerade passiert?

Der Flur zum Fahrstuhl ist ungewohnt finster und lang. Dumpfe Schritte hallen von den Wänden zu mir zurück.

Es muss *ein Fehler vorliegen – es geht mir doch gut!*

Am Ende des Ganges verbirgt sich der kleine neonbeleuchtete Raum hinter einem Vorhang aus Metall. Ich zwänge mich hinein. Stehe neben einer halbtransparenten Person, die vage aussieht wie eine blasse Version meiner selbst. Meine Hand drückt auf die unterste Taste. Die Tür schließt mich mit meinen Gedanken ein.

Der Fahrstuhl setzt sich schleppend in Bewegung und über mir startet ein leuchtend roter Countdown.

5 – Ein Betonklumpen liegt schwer in meinem Bauch.

4 – Die Luft hier drinnen ist schlecht.

3 – *Der Doktor muss sich geirrt haben.*

2 – *Ich suche mir einen neuen Arzt!*

1 – Ein schabendes Geräusch schneidet scharf durch die Zeit.

1 – Der Fahrstuhl bleibt abrupt stehen und lässt mich taumeln.

1 – Nichts bewegt sich.

1 – Nichts bewegt sich.

1 – Nichts bewegt sich.

»Das ist jetzt nicht dein Ernst!«

Alle Fahrstuhlknöpfe leuchten hilflos auf. Die Notruftaste reagiert trotz intensivstem Drücken gänzlich unkooperativ. Auch die Tür zeigt sich von meinem Trommeln unbeeindruckt. *Rien ne va plus.*

»Hallo?«, rufe ich dem Metall entgegen.

Stille als Antwort. Hektisch hole ich das Handy aus dem Rucksack. Es hat keinen Empfang, *wieso auch?* Die rote Eins schaut flackernd zu mir herab. Wir starren uns an. Mein Herz zählt die Sekunden. Jahrelang.

Das kann jetzt nicht wirklich passieren …

Schließlich blinzle ich zuerst und wende den Blick zum Spiegel. Zwei braune Augen starren ratlos in meine. *Was machen wir denn jetzt?*

Ein knarzendes Geräusch dringt von der Außenwelt an mein Ohr.

»Hallo? Ist da jemand? Ich stecke im Fahrstuhl fest!«

Absolute Stille. Nur meine Ohren surren leise. Phantomgeräusch. Zwei Quadratmeter. *Wie groß ist der natürliche Lebensraum eines Menschen? Sicherlich größer als zwei Quadratmeter.*

Sieben Tip-Top-Schritte vom Spiegel bis zur Tür. *Ist das noch artgerechte Haltung?*

Sieben hin. Die Luft ist so schlecht, ich habe das Gefühl, langsam bildet sich ein Vakuum. Sieben zurück. Mein Handydisplay flimmert. Hin. Es ist viel zu heiß. Und zurück. Ich setze mich auf den kühlen Boden und hämmere wieder und wieder mit der Faust gegen die Tür. *Ein guter Arzt würde niemals in einem baufälligen Ärztehaus praktizieren. Inkompetent!*

Genervt hole ich mein ausgelaugtes Exemplar von *Fräulein Else* aus dem Rucksack und irre durch dessen Seiten. Die Worte verschmelzen zu einem einzigen endlosen Satz. Es hat keinen Zweck. Ich stopfe das Buch zurück. Meine Lungen fauchen, das Atmen fällt mir zunehmend schwer. Ich rapple mich auf und suche nach frischer Luft. Durch den schmalen Türspalt ziehe ich unverbrauchte, nach Desinfektionsmittel riechende Luft in meine Nase. Plötzlich bemerke ich auf der anderen Seite einen Schatten.

»Hallo?!?«

»Juten Tach da drinnen.«

Endlich – ein Mensch mit einer Antwort! *Hol' mich bitte hier raus!*

»Der Fahrstuhl ist stecken geblieben!«, erkläre ich überflüssigerweise.

»Jeht sofort los, dit macht er manchmal.«

Durch den schmalen Schlitz sehe ich hinab auf einen kugelförmigen Mann. *Gleich komme ich* endlich *hier raus.*

Es klimpert, sein großer Schlüsselbund klackert gegen die Metalltür. Ich setze den Rucksack auf und stelle mich ungeduldig an die Tür. Meine Füße zappeln. *Es kann losgehen.*

Ruckartig bewegt sich der Fahrstuhl ein Stück nach unten. Das Licht flackert für den Bruchteil einer Sekunde. *Los jetzt!*

Ein weiteres kleines Erdbeben erschüttert meine Beine, bevor sich die Tür öffnet. Quälend langsam. Der Fahrstuhl spuckt mich im Foyer des Ärztehauses wieder aus. In meinen Knien das Nachbeben.

»Na, Fräulein«, empfängt mich der Hausmeister, »vielleicht nehmen Se dit nächste Mal lieber die Treppe. Se sind doch noch jung!« Der abgerundete Mann wirft einen vorwurfsvollen Blick in meinen äußeren Blickwinkel.

»Sicher«, antworte ich an ihm vorbei und schiebe meine Füße über den schiefen Boden. Etwas stimmt hier nicht. Die Halle scheint in der letzten Stunde geschrumpft zu sein. Der Empfangstresen ist seltsam geformt. Leicht *schräg.* Die magere Frau dahinter steht ebenfalls schräg. *Alles* ist schräg. *Wieso ist mir das vorhin nicht aufgefallen?*

Meine Handflächen berühren den schwarz-weiß karierten Boden. Mein Kopf wandert zu ihnen nach unten. *Merkwürdig, wieso umarme ich die kalten Fliesen? Das ergibt doch gar keinen Sinn,* denke ich, bevor mich die Dunkelheit gänzlich verschluckt.

06

Ich höre entfernte Stimmen. Langsam öffne ich erst das eine und dann das andere Auge. Offenbar liege ich auf einem riesigen Schachbrett. *Wo* zur Hölle *bin ich?*

Eine große Hand ergreift meinen Oberarm. Jemand reißt mich in die Senkrechte. Verschwommene Flächen schieben sich nach und nach wieder zu scharfen Konturen zusammen. Langsam kehrt meine Erinnerung zurück. *Der Fahrstuhl – ich war im Fahrstuhl gefangen.* Und jetzt sitze ich auf dem Boden, im Foyer.

Ich schaue auf meinen Arm, der von stummeligen Männerfingern zusammengequetscht wird. *Lass los!* Der Hausmeister hockt neben mir.

»Wat machen Se denn für Sachen, junge Dame!«

Eine tiefe Furche teilt seine Stirn in zwei Teile. Er sieht aus wie ein grimmiger Zwerg. Hinter ihm kommt die grantige Dame vom Empfang zügig mit einem kegelförmigen Papierbecher angelaufen. Sie tätschelt meine Wange und drückt mir dann fast schon mütterlich den Becher mit schweigendem Wasser in die Hand. *Wieso fassen mich alle an? Die sollen mich nicht anfassen!*

»Ist alles in Ordnung mit dir, Schätzchen?«

Schätzchen?

»Ja. Alles okay!«, lüge ich und trinke das Wasser.

Es spült neue Kraft in meinen Körper. Dann zerrt der Zwerg mich auch schon auf meine tauben Füße. Er lässt endlich los und geht kopfschüttelnd davon. Ich halte mich am leeren Becher fest und sammle meine kreiselnden Gedanken.

»Ich rufe dir ein Taxi!«

Die Empfangsdame sieht mich ungewohnt besorgt an.

»Nein danke, nicht nötig!«

Ich bin zwar noch wacklig auf den Beinen, kann aber laufen.

»Du siehst noch sehr blass aus«, erwidert sie mit zusammengekniffenen Augen.

»Alles gut. Mir wurde nur vorhin Blut abgenommen. Außerdem hatte ich noch gar kein Frühstück!«, fällt mir ein, bevor ich mich wackelig zum Gehen wende.

»Nicht, dass du mir hier noch mal umkippst. Ich rufe ein Taxi«, sagt sie erneut und marschiert zu ihrem Telefon. *Hört sie mir nicht zu?*

»Danke, aber es geht schon«, sage ich. »Ich habe es nicht weit.«

Sie mustert mich zweifelnd, während ich den leeren Becher in einen Mülleimer werfe und zur Eingangstür wanke.

»Mir geht's gut!«, versichere ich und rette mich nach draußen.

Die Sonne scheint, als wäre nichts gewesen. Ich atme tief ein. Ich brauchte einfach nur eine anständige Portion frische Luft. Es geht mir augenblicklich besser. *Viel besser!*

Ich schlurfe zu meinem Fahrrad und befreie es vom Kettenschloss. Gemeinsam schieben wir uns den Bürgersteig entlang. Es zittert.

»Keine Angst!«, beschwichtige ich. »Alles ist gut!« *Alles ist bestens!*

07

Zu Hause befreie ich eine Postkarte und eine wütende Mahnung aus unserem Briefkasten. Beides adressiert an Elvy. Ich betrachte das kitschige Sonnenuntergangsmotiv der Karte, während meine Beine mit jeder Treppenstufe kämpfen. Langsam sollte ich *wirklich* mal was essen. Bei dem Gedanken ballt sich mein Magen zur Faust. *Okay, dann zumindest etwas trinken.*

Ich drehe den Schlüssel zweimal im Schloss. Die Tür lässt mich knarzend in den Flur, wo mich der übliche Haufen schwarzer Stiefeletten begrüßt. Ich klettere über den Berg, ziehe meine Sneaker aus und stelle sie *ins* Schuhregal, das *direkt* daneben steht. *Wer braucht überhaupt so viele identische Schuhe?*

Ich navigiere meine weichen Beine in die Küche und werfe Elvys Post auf den Tisch. Danach fische ich das letzte saubere Glas vom Regal und fülle es mit kaltem Leitungswasser. Es plätschert in meinen Bauch. Sonst ist alles still.

Der letzte Schluck umspült einen Kloß in meinem Hals. Ein letzter durchsichtiger Tropfen rutscht zum Boden des Glases. Mein Kopf ist verlassen. Leer.

Ich lasse den Blick durch die Küche schweifen. Er bleibt am Geschirrgebirge kleben. Auf der Spitze balanciert eine tropfende Espressotasse. *Boah, Elvy!*

Ich klopfe gegen das leere Glas in der Hand, bis ich das Kribbeln in meinen Fingern nicht mehr aushalte.

Entschlossen drehe ich den Wasserhahn bis zum Anschlag auf und schütte viel zu viel Spülmittel ins steigende Wasser. Der Schaum wabert aus dem Spülbecken und kriecht auf die Küchenarbeitsplatte. Es riecht *eukalyptus-frisch.* Ich klettere den Geschirrberg hinauf und schnappe mir die kleine Tasse. Meine gummierten Hände wirbeln hastig im heißen Wasser. In Windeseile arbeite ich das dreckige Geschirr ab. Die Espressotasse? *Acht* Sekunden! Ein Frühstücksteller? *Fünf* Sekunden! *Fünf!* Ich finde eine Schüssel, von der ich glaubte, sie sei längst kaputt gegangen. Die Putzhandschuhe quietschen in der nassen Schale – Soundtrack meines Lebens.

Als unser komplettes Geschirr sauber ist, beende ich das Schaumbad. Das Spülwasser verabschiedet sich mit einem Gluckern und lässt ein paar lange, verschlungene Nudeln im Spülbecken zurück. Also schrubbe ich anschließend das Spülbecken und die Armaturen sauber. Erst jetzt bemerke ich Elvys Espressokocher, der schuldbewusst vom Herd zu mir herüber schielt.

Du kannst ja nichts dafür. Ein tiefer Seufzer rollt aus meinen Lungen. Ich spüle auch die kleine Kanne wieder glänzend und sortiere sie mit all dem sauberen Geschirr ins Regal über dem Spülbecken. Danach kratze ich die dunkle Kruste vom Herd. *Ätzend.*

Als alles blitzt und blinkt, werfe ich die gelben Handschuhe auf den Küchentisch und lasse mich auf einen Stuhl fallen. *So.* Ich höre meinen Atem von innen.

Meine Finger streichen aufmerksam über die alte Holzplatte. Erfühlen ein paar matte Wachsflecken. Mit dem Fingernagel kratze ich nervös daran herum, während ich durch die Tischplatte hindurch schaue.

Mein Blick wandert fremdgesteuert durch den Raum. Der Papiermüll quillt schon wieder über. *Das Altpapier muss weg,* jubelt mein Gehirn.

Ich stehe so abrupt auf, dass der Stuhl sich an der Wand festhalten muss, um nicht umzukippen. Die Pizzakartons lassen sich kampflos von meinen Fäusten zusammenfalten. Anschließend lege ich den komprimierten Papierhaufen vor die Wohnungstür.

Auf dem Weg zurück in die Küche stolpere ich im Flur über einen ausgebeulten Stiefel. Gerade so kann ich mich noch am Türrahmen festkrallen, um nicht in Elvys Zimmer zu fallen. *Fuuuck!*

Ich prügle das erste Paar schwarzer Schnürstiefel ins Schuhregal. *Es ist doch wirklich nicht zu viel verlangt,* das zweite Paar landet krachend daneben, *die Schuhe dorthin zu räumen,* Paar Nummer drei findet geräuschvoll seinen Platz, *wo es hingehört*. Ich sortiere alle gleich-aussehenden Schuhe energisch ins Regal, bis der Boden wieder gefahrlos begehbar ist.

Erschöpft wandere ich ins Wohnzimmer. Auf dem Couchtisch stehen noch die leeren Weinflaschen von gestern. Ich lasse mich in die Kissen fallen und betrachte die beiden matten Gläser. In ihnen schwimmt der Rest unserer schwungvollen Unterhaltung. Mein Mundwinkel kriecht nach oben.

Plötzlich zittert es unter mir. Ich ziehe mein Handy aus der Hosentasche und sehe die Nummer meines Arztes. Mein Herz hüpft.

»Ja! Hallo!«

»Frau Zeiss, hier ist noch mal Praxis Dr. Fahim.« *Wir haben uns geirrt.*

»Der Herr Doktor wollte Sie noch wissen lassen«, *dass ein Fehler vorliegt. Ein großes Missverständnis –*

»dass es einen psychologischen Notdienst gibt, an den Sie sich bei Bedarf wenden können.«

Mein Herz stolpert.

»Ich gebe Ihnen die Nummer jetzt durch, hören Sie?« Ich schüttle den Kopf.

»Es geht mir doch aber *gut!*«, erkläre ich.

»Es ist nur zur Sicherheit, damit Sie wissen, an wen Sie sich wenden können, falls ...«

»Nein, Sie verstehen nicht«, unterbreche ich die Sprechstundenhilfe, »es geht mir gut!«

Das Telefon schweigt in mein Ohr.

»Ich brauche keine Hilfe. Mir geht es gut. Es *muss* ein Fehler vorliegen!«, donnere ich ins Telefon.

»Es mag schwer sein, sich mit Ihrer Situation abzufinden ...«, entgegnet ihre Stimme sanft. Jetzt schweigen wir beide.

»Frau Zeiss? Sind Sie noch da?«

»Ja«, antworte ich und lege auf.

Noch.

08

Ich weiß nicht genau, wann die Tränen angefangen haben. Ziellos laufe ich durch die verschwommene Wohnung, vermutlich auf der Suche nach mir selbst. Beobachte meine Füße dabei, wie sie mich über die Dielen tragen. In Melonensocken. Hinterlasse eine Spur winziger Tropfen. Ein Strom an stillen Tränen, der nicht abreißen will. Haltet die Welt an; ich will für immer weinen.

Ich finde mich im Badezimmer wieder. Zwei müde Augen im Spiegel. Die Haare sind zerzaust, auch mein Pony steht in alle Himmelsrichtungen ab. *Mann, sehe ich fertig aus!*

Ich wasche mir das Gesicht mit kaltem Wasser. Meine Hände riechen nach Putzmittel und Latex. Heiße Tränen kullern zwischen meinen Fingern hindurch ins Waschbecken. Ich vermisse mein Lachen. Fühle mich fremd in mir.

Als ich in die Dusche steige, schiebt der frühe Abend zartes rosa Licht gegen die kleine Fensterscheibe im Bad. Ich drehe den Hahn komplett auf und warte. Die Wassertropfen fallen in Zeitlupe. Langsam sinken sie durch die Luft. Die Zeit dehnt sich. Dicke Wasserperlen landen trommelnd auf meinem Kopf, fließen über meine Gedanken und sammeln sich an den Wimpern. Meine Haare werden schwer. Jeder Tropfen zerspringt auf meiner Haut in Tausende mikroskopisch winzige Kügelchen. Ich betrachte die Café-au-lait-Flecken auf mir. Kleine Inselketten, die sich um meine Arme schlängeln. Australien am Handgelenk; eine blasse Insel links neben meinem Bauchnabel. Mama hat mich immer Pünktchen genannt. *Fuck! Warum ich?*

Ein Tropfen Salz mischt sich in den Wasserfall. Ich schließe die nassen Augen und auf einmal spüre ich sie ganz deutlich. Spüre, wie sie hinter meinen Gedanken sitzt. Zwischen meinen Knochen klemmt. Sich hinter den Organen verbirgt. Stillschweigend in meinem Blut fließt. Verwoben in den Zellen gärt. Meine Krankheit. Ich spüre sie zum ersten Mal klar und deutlich in mir. Viele Jahre lang haben wir koexistiert, uns arrangiert wie höflich distanzierte Nachbarn. Maximal Small Talk, keine besonderen Vorkommnisse. Jetzt hat sie gierig von mir Besitz ergriffen und ich habe es nicht einmal gemerkt.

Wie konnte mir das passieren? Wie konnte ich nur so dumm *sein und von all dem nichts merken? Oder habe ich dieses unangenehme Bauchgefühl schon länger, das gerade wie wild in mir herumzerrt?*

»Hey Jo, kann ich kurz rein?«

Elvy zerreißt meinen Gedanken. Sie steckt ihren Kopf durch den Türspalt.

»Sicher«, antworte ich und ziehe den Duschvorhang bis an die Wand. Er schwingt wieder ein Stück zurück. Durch den Schlitz sehe ich, wie Elvy ins Badezimmer kommt. Sie legt ihre Tasche ab und wühlt dann in ihren Schminksachen.

»Was für ein Tag! Nur noch die *fucking* VK-Klausur«, klagt sie dabei. »Ich sag' dir, wenn ich dieses Modul endlich hinter mir habe, müssen wir richtig feiern!«

Meine Pläne sickern in den Abfluss.

»Aber jetzt ist sowieso erst mal Wochenendeee! Und *guess what* – Miyuki ist in der Stadt! Ich treff' mich gleich mit ihr in der Bar«, trällert Elvy unbekümmert.

Sie redet wie ein Wirbelwind. Ihre Worte gehen im Rauschen des Wassers unter. Reglos stehe ich im Regen. Plötzlich klingt ihre Stimme ganz nah.

»Jo?«

»Was?«, frage ich erschrocken. Mein Atem verwirbelt den schweren, warmen Dampf.

»Willst du mit?«, fragt sie mich durch den dünnen Duschvorhang. *Was? Wohin?*

»Nein, besser nicht.«

»Morgen hab' ich Spätschicht in der Bar und treff' mich danach mit den Jungs«, sprudelt sie und entfernt sich wieder. »Du weißt schon, Enzo und so. Vermutlich zum Engtanz oder so was in der Art. Mal gucken. Und du *musst* mitkommen! Keine Prüfungen – keine Ausreden mehr! Bitte sag mir, dass du wenigstens morgen mit dabei bist.«

»Ich weiß es nicht«, antworte ich wahrheitsgemäß.

»Na, wir werden sehen. Ich muss los. Warte nicht auf miiich«, flötet sie und verschwindet.

09

Als das Wasser meine Gefühle ausreichend aufgeweicht hat, drehe ich den Hahn wieder zu. Ich warte die letzten Tropfen ab und schiebe mich am Duschvorhang vorbei. Meine Haut dampft und meine nackten Füße erden mich. Ich schlüpfe in den kuschligen Bademantel und drehe die nassen Haare in einen Handtuchturban. Halte mich eine kleine Weile selbst im Arm und fühle mich fast wie neugeboren. *Wer hätte das gedacht.*

Ich hole meine Lieblingscreme aus dem Regal und schraube andächtig den Deckel ab. Sie duftet nach Orangenbäumen. Ich inhaliere den Geruch des Sommers, während sich mein Spiegelbild im Nebel versteckt.

Als ich den Tiegel zurückstelle, wandert mein Blick über all die anderen Dinge in meinem Fach: Meine Bürste, die ich nie benutze, weil sie ziept. Das Deo, die Nagelfeile und die Zahnbürste aus Bambus. Meine Dose Schmerzmittel. All meine bunten Nagellacke. Den Platz für einen nicht vorhandenen Parfümflakon, für den ich immer zu geizig gewesen bin. Das Beutelchen mit meiner Menstruationstasse. *Hurra* – nie wieder Regelschmerzen. Die Handvoll Schminksachen, die vermutlich längst abgelaufen sind. Ein kleines, buntes Stück Leben.

Überflüssig, denke ich und räume kurz entschlossen das Fach aus. Nur die Zahnbürste lasse ich einsam zurück.

Meine Hygieneartikel in beiden Armen balancierend laufe ich in die Küche. Das nutzlose Sammelsurium landet scheppernd im großen Mülleimer. Der Deckel klappt zu und ich fühle nichts. Die Leere ist beängstigend und beruhigend zugleich. Ich setze neues Teewasser auf, denn Tee ist immer eine gute Idee.

Im Kühlschrank lächelt mir ein Weißwein hilfsbereit entgegen, aber ich greife zu seiner Nachbarin, der Hafermilch. Ich will klar bleiben. Blubbernd heißes Wasser füllt unsere größte Tasse. Der Teebeutel schwimmt an der Wasseroberfläche und verströmt einen Hauch von Zimt.

Ich lasse meinen Blick durch die schöne, ordentliche Küche schweifen. Das Herzstück unserer ebenso schönen, manchmal sogar aufgeräumten WG. Die Miete ist verhältnismäßig niedrig, mein Zimmer hell und groß. *Wer würde hier nicht gerne einziehen wollen?*

Vielleicht jemand Quirliges, mit dem sich Elvy die Nächte um die Ohren schlagen kann.

Auf dem Küchentisch entdecke ich einen kleinen

rosafarbenen Pappkarton. Darauf klebt ein blauer Zettel: *Sie hatten deine Lieblingssorte! Schreib mir, falls du es dir nachher anders überlegst.*

Ich öffne die Packung und finde einen strahlend schönen Donut mit Schokoglasur und buntem Zuckerkonfetti. Lächelnd beiße ich hinein und fühle mich zu Hause.

10

Mit zuckervollem Mund nehme ich den Zettelblock vom Küchentisch und drehe ihn gedankenverloren hin und her. Ein blaues Quadrat in der Hand. Das stetige Ticken der Wanduhr erfüllt die Luft. Der Geschmack von Schokolade meinen Mund. Der Abend zieht durch die undichten Fenster zu mir in die Küche herein. Die Dunkelheit wird von Sekunde zu Sekunde stärker, das Ticken immer lauter.

Tick.

Tick.

Tick.

Ich hebe meinen Blick zur Uhr über der Tür und bemerke, dass Geräusch und Bewegung nicht zusammenpassen. Was ich höre, ist nicht das Ticken der Uhr.

Es ist das Ticken der Zeitbombe in mir.

Mit der dampfenden Tasse in der einen und den *Post-its* in der anderen Hand schleppe ich mich tickend in mein Zimmer. Den Tee stelle ich neben Herbert und schalte das Leselicht an. Herbert blinzelt müde. Ich setze mich aufs Bett und erlöse meine feuchten Haare vom Handtuch. Aufmerksam schaue ich mich in meinem Zimmer um. *Das* wird also von mir übrig bleiben.

All die Gegenstände, die ich zurücklassen werde. Mein Bett wird *ein* Bett. Meine Lieblingsklamotten werden Kleidungsstücke. Ohne meine Erinnerungen, ohne *mich*, sind sie nichts weiter als Gegenstände – *gebraucht, in gutem Zustand*. Ich stehe auf und gehe zur Kleiderstange. Das kleine Brandloch im dunkelroten Stoff ist kaum zu sehen, aber fühlbar. Mein Abiballkleid – nur ein Kleid. Bald Second Hand.

Der Schreibtisch ist noch gezeichnet von der Prüfungsphase. Neben dem Notizbuch stapeln sich etliche Mitschriften, Ringblöcke und Textmarker. Fachbücher umranden meinen Laptop. Ich hole die *Post-its*, schreibe *Bib* auf den obersten Zettel, löse ihn vom Block und klebe ihn auf den Bücherstapel. Auf den Nächsten notiere ich *cAlAtHeA_11* und hefte ihn auf meinen Rechner. Aus der Schublade hole ich die externe Festplatte voller alter Fotos: *für Papa*.

Mein Blick wandert zu den Überbleibseln meines Studiums. Seitenweise kulturwissenschaftliche Aufzeichnungen aus der Vorlesungszeit. Matt blättere ich durch meine bunt markierten Mitschriften, Vorbereitung für ein erfolgreiches Semesterende. Ich kann mir gerade kaum eine uninteressantere Lektüre vorstellen. Dann schiebe ich all die losen Blätter zusammen. Wie viele Abende ich mich in diesen Papierhaufen gestürzt habe, statt ins echte Leben. Und das mit bestenfalls mittelmäßiger Freude am Studieren. Wochenlang habe ich auf die Prüfungen hingearbeitet. Bis gestern war das alles so unsagbar wichtig. Jetzt ist es Altpapier.

Ich räume meine Hoffnungen auf ein abgeschlossenes Studium vom Tisch und bringe den Papiermüll in die inzwischen stockfinstere Küche. Mit einer Rolle transparenter Mülltüten kehre ich wieder zurück. Ich stelle mich vor meine Klamotten und brauche ein paar tiefe Atemzüge, um mich zu überwinden. Dann beginne ich mit dem Winter.

Zuerst nehme ich meinen dicken Mantel von der Kleiderstange und hänge den ersten freien Drahtbügel zurück. Erleichtert schwingt er hin und her. Den Wintermantel rolle ich vorsichtig zusammen und lege ihn in den Schlund des Müllbeutels. Ein Pulli mit goldenen Punkten wandert hinterher. Die beiden leeren Kleiderbügel schwingen gegeneinander wie zwei Triangeln in einem Grundschulorchester. Nach und nach füllt sich die Tüte mit den Wintersachen. Weitere Pullover, gefolgt von meinem krummen, von mir selbst gestrickten Schal. Die Maschen sind ungleichmäßig, die Wolle vom häufigen Tragen aufgeräufelt. *Dass ich darauf mal stolz war...*

Der flauschige, aber hässliche Weihnachtspulli und zuletzt meine blaugraue Mütze mit übergroßer

Bommel. Ich schnüre den Sack zu und reiße einen Weiteren von der Rolle. Nach kurzem Zögern lege ich mein Abiballkleid hinein. Verpacke den Abend, an dem ich so unendlich glücklich war. Dazu das lange Kleid, das ich so gern am Strand trage. Getragen *habe*. Die Sammlung pastellfarbener T-Shirts, die beiden Jeans und schließlich das paillettenbesetzte Kleid zum Feiern, das ich viel zu selten getragen habe. Kleidungsstück für Kleidungsstück verpacke ich mein Leben. Drei Säcke voller sentimentaler Textilien. *Spenden* schreibe ich darauf. Nur mein kurzes, hellblaues Lieblingskleid und einen senfgelben Pulli lasse ich an der Kleiderstange hängen. Für ihn schreibe ich einen blauen Zettel: *Geliehen von Mel. Erledigt.*

Ich sehe mich erneut im Zimmer um und gehe schreibend zum Fensterbrett. *Alle 3 Wochen* klebe ich auf den Topf der Aloe vera.

1 x pro Woche auf den der Avocadopflanze und der Forellenbegonie daneben.

Herberts Blätter glänzen im Schein der Lampe. *Erde immer leicht feucht halten, aber nicht zu viel gießen!!* Klebe ich auf seinen Keramiktopf. Dazu einen zweiten Zettel: *1 x pro Woche die Blätter mit kalkfreiem Wasser besprühen.* Ich platziere die Sprühflasche direkt neben ihn. Zettelblock und Stift landen sanft auf dem Bett. Ich setze mich daneben und halte mich an meiner Tasse fest. Der lauwarme Tee schmeckt nach gemütlichen Winterabenden. Nach Plätzchen im Ofen und Kerzenschein. Nach Lichterketten, Geschenkpapier und Wollsocken. *Ich bin noch nicht bereit. Es hieß doch immer, ich hätte noch Zeit und alles sähe* vielversprechend *aus.*

Meine Augen flackern und finden den rot-grünen Stoff hinter Plastik. Ich stelle die schwappende Tasse auf den Nachttisch und knie mich auf den Boden. Reiße einen der Müllsäcke auf und zerre den Weihnachtspulli aus dem großen Klumpen Stoff. Vergrabe die Finger in der superweichen Wolle und bitte still um Verzeihung.

Als ich den Rentier-Pullover auf das Bett lege, entdecke ich mein Lesezeichen unter dem Nachttisch. Also knie ich mich auf den Boden und schaue unters Bett. Neben meiner Wärmflasche, der vorwurfsvollen Yogamatte und einer leeren Weinkiste steht dort ein verstaubter Schuhkarton. Ich krieche tief unter den Lattenrost und angle danach. Ein paar aufgescheuchte Wollmäuse huschen davon. Erst als ich ihn zu mir ziehe, gibt er den Blick auf einen weiteren Pappkarton frei, der sich hinter ihm versteckt hat. Die kleine Schachtel voller Polaroid-Erinnerungen, die ich um alles in der Welt vergessen möchte, aber doch nicht loslassen kann. Schwarz angepinselt wartet sie dort in der dunkelsten Ecke meines Zimmers. Auf den Deckel hat Mel einen weißen Totenkopf gemalt, der mich davon abhalten soll, die Schachtel zu öffnen. Es funktioniert. Meistens. Heute auf jeden Fall. *Keine Zeit für schmerzhafte Erinnerungen.*

Ich lasse die schwarze Schachtel sicherheitshalber im Staub liegen und lege nur das Lesezeichen und den Schuhkarton auf das Bett. Neben meinem Kopfkissen schläft das Buch von heute Morgen. Vorsichtig wecke ich es auf und blättere langsam durch die unbekannten Seiten. Lese den letzten Satz. Beim Blick auf den Stapel ungelesener Bücher unter dem Nachttisch schmerzt mein Brustkorb. Mir bleibt keine Zeit mehr, um sie alle zu lesen. Kurzentschlossen ziehe ich die Weinkiste unterm Bett hervor und staple die Bücher hinein, bevor es zu traurig wird. Ich lege meine Wärmflasche, Stricknadeln und die Yogamatte dazu. Darauf klebe ich einen letzten Zettel: *zu verschenken.*

II

23:59 Uhr.

Die blauen Zettel leuchten mir schwach aus den dunklen Ecken meines Zimmers entgegen. Seit einer kleinen Ewigkeit liege ich auf dem Bett. Ich bin müde, kraftlos und umgeben von alten Fotos. Mein Kopf tut weh, vermutlich wegen all der schmerzhaften Gedanken.

Selbst das Licht der Nachttischlampe scheint langsam einzuschlafen.

00:00 Uhr. Mitternacht.

Mein Handy bimmelt einen heiteren Weckruf in die Nacht, bevor ich es wieder verstummen lasse. Das Display erlischt und die Dunkelheit kehrt in den Raum zurück. Kurz darauf erwecke ich das Telefon in meiner Hand wieder zum Leben und frage es: *Wie fühlt sich Sterben an?*

4.950.000 Ergebnisse. *Puh!*

Ich swipe durch wissenschaftliche Artikel, die nüchtern von Studien und neuesten Erkenntnissen berichten. Finde den Weg in ein Forum, in dem Menschen von ihren Nahtoderfahrungen erzählen.

Lese vom *Ort der pulsierenden, hämmernden Dunkelheit* und dass *der Körper austrocknet.*

Schon nach den ersten Zeilen dämmert mir, dass

Unwissenheit manchmal doch ein Segen ist. Das Display wird wieder schwarz. Meine Augen blinzeln in den schwachen Schein der Nachttischlampe.

Ich setze mich auf und betrachte die um mich herum ausgebreiteten Relikte meiner Vergangenheit. Ein Bild von mir in Schwimmflügeln am Mittelmeerstrand.

Ich grinse wie ein kleines Honigkuchenfohlen. Elvy und ich – verschwommen und fröhlich beschwipst im Fotoautomaten. Ein Schnappschuss von Mel mit besorgter Miene in einem wackligen Kanu, bei unserer letzten Klassenfahrt. Daneben die Fotos von Mark und mir, als wir noch glücklich zusammen waren. *Mark.*

Mein Herz zuckt.

Ich habe dich nie gesucht, doch du hast mich gefunden. Warum musstest du mir zeigen, wie schön das Leben sein kann, nur um es mir dann mit aller Kraft wieder zu entreißen? Warum hast du mir das Herz zertrümmert? Warum habe ich diese Bilder nicht mit all den anderen Polaroid-Erinnerungen weggesperrt?

Mein feuchter Blick wandert über unsere verliebten Gesichter. Seine strahlenden Augen und sein wild gelocktes, weiches Haar. Neben der Momentaufnahme liegt ein liniertes Blatt Papier. Als Überschrift steht *Bucket List* in lila Buchstaben. Ich erkenne die krakelige Handschrift von mir als 14-Jährige kaum wieder.

Ich lese noch ein Mal:

Tauchen im Great Barrier Rief

Ein Lama streicheln

Open-Air-Konzert

Lernen, wie man Kaugummiblasen macht

Glühwürmchen fangen

Was Cooles studieren!?

7 Bücher in einer Woche lesen

Mit meiner besten Freundin zusammenwohnen

Triathlon oder sowas

Hals über Kopf verlieben

Geld für einen guten Zweck spenden

Vom Dreimeterbrett springen!!

Ich falte die Liste auf Postkartengröße zusammen und lege sie zurück in den staubigen Schuhkarton. Bittersüß. Behutsam sammle ich alles wieder ein. Die Fotos und einige Konzertkarten. Die Vergangenheit und die verpassten Chancen. Meinen Brief an den Weihnachtsmann aus der zweiten Klasse, der mich beim Lesen zum Schmunzeln bringt. Ein Freundschaftsarmband von Mel. Die lange Goldkette mit dem kleinen grünen Stein als Anhänger, die meine Mutter jeden Tag getragen hat, lege ich nicht zurück. Stattdessen tüfteln meine Finger den mikroskopisch kleinen Verschluss in meinem Nacken zusammen.

Die Nostalgie hat sich unbemerkt im ganzen Zimmer ausgebreitet. Ich stehe auf, um das Fenster zu öffnen und die Gegenwart hereinzulassen.

Noch ein Mal Aufwachen und merken, dass die Welt vor dem Fenster unter einer dicken Schneedecke verloren gegangen ist.

Ich schaue nach draußen in den Hof. Kein Schnee. Stattdessen strömt milde Luft herein. Nach einem tiefen Atemzug gehe ich zum Schreibtisch und setze mich vor mein salbeifarbenes Notizbuch. Ich blättere durch die unzähligen leeren erwartungsvollen Seiten auf der Suche nach einem Neuanfang. Dann beginne ich zu schreiben:

Heute ist der Tag, an dem ich sterben werde.
Morgen werde ich nur noch eine Erinnerung sein. Ich spüre, wie sich der Moment wie eine Schlinge enger und enger um mich zusammenzieht. Gelähmt von der Kürze der Zeit warte ich allein in der Dunkelheit. Warte auf das finstere Nichts. Meine Nachttischlampe versucht mit ihrem schwachen Schein, mein Gemüt aufzuhellen. Plötzlich bin ich mittendrin – im letzten Tag meines Lebens.

Nachdem ich den Kopf leer geschrieben habe, schließe ich das tränenfeuchte Notizbuch wieder. Dann tausche ich den Bademantel gegen mein hellblaues Lieblingskleid, das ich natürlich nicht weggeben kann.

Darüber der übergroße Weihnachtspulli mit den hüpfenden Rentieren. Die Socken mit Ananas-Aufdruck fühlen sich zu dem Outfit genau richtig an. *Noch ein Mal von Elvy alberne Socken zu Weihnachten bekommen.*

Ich flüchte in die Küche und zünde dort ein paar Kerzen an. Anschließend koche ich mir einen Kaffee. Oft genug habe ich Elvy dabei zugesehen und imitiere nun jeden ihrer Handgriffe. Schon nach kurzer Zeit duftet es fantastisch. Ich kippe die tiefschwarze Lösung gegen Müdigkeit in eine neue Tasse. Der zweite Kaffee meines Lebens. Er schmeckt so scheußlich wie der Erste. Dennoch nippe ich weiter an der viel zu bitteren Plörre, schließlich habe ich das Gefühl, *jetzt* ist genau der richtige Zeitpunkt, um ernsthaft mit Kaffeetrinken anzufangen. *Vielleicht werde ich ja heute noch richtig erwachsen.*

12

Nein, es geht nicht – der Kaffee ist einfach *zu* bitter. Ich weiß wirklich nicht, wie Elvy den schwarz trinken kann. Ich hole die rettende Milch aus dem Kühlschrank und erblicke meinen Mandel-Joghurt. Ich angle den Becher aus der hinteren Ecke, auf dem Deckel klebt ein Post-it: *Finger weg!*

Ich ziehe den Zettel ab und zerknülle ihn.

Mindestens haltbar bis 29.03. – zwei Wochen.

Unfuckingfassbar ... Dieser Joghurt wird mich überleben.

Als ich den Mülleimer öffne, fällt mein Blick auf ein schimmerndes Nagellackfläschchen. Ich fische es heraus. Die Glitzerpartikel tanzen im Schein der Kerzen. Nach kurzem Überlegen gebe ich mir einen Ruck und sammle auch die restlichen Nagellacke und einen Lippenstift wieder aus dem Müll.

Ich stelle die Fläschchen auf den Küchentisch und gehe ins Badezimmer. Dort leihe ich mir Elvys Mascara aus ihrer wilden Make-up-Sammlung, die hauptsächlich aus dunklen Kajalstiften und Eyelinern besteht. Konzentriert tusche ich mir die Wimpern. Wasserfest. Anschließend trage ich den Lippenstift auf, von dem mir jeder sagt, die Farbe würde mir nicht stehen. *Ich* finde ihn hinreißend.

Zurück in der Küche setze ich mich an den Tisch, durchsuche mein Handy nach einer passenden Playlist und entscheide mich für: *Cosy Christmas*. Bing Crosby wärmt meine Seele, während ich mir den ersten Fingernagel mit Rot glitzerndem Lack bemale.

It's beginning to look at lot like Christmas.

Als ich den nächsten Fingernagel hellblau lackiere, höre ich Schritte im Hausflur. Das Schloss knackt, die Tür knarzt und kurz darauf fallen Stiefel auf den Holzboden. Elvy poltert zu mir in die Küche. Ihre Haare erzählen wie immer vom Wind.

»*Nanu*, du bist ja noch wach!? Ist alles okay?«, fragt ihr rotweingefärbter Mund. Sie scheint bester Laune zu sein. Zielstrebig geht sie zum Kühlschrank. Mit vergnügten Bewegungen geht sie auf die Jagd nach etwas Essbarem. »Miyuki lässt grüßen«, richtet sie dem Kühlschrank aus. »Ach, und unten bei den Briefkästen liegen Bücher zu verschenken. Die meisten davon hast du bestimmt schon, aber du kannst ja morgen trotzdem mal gucken.« Sie dreht sich zu mir um. »Ich glaube, da sind welche dabei, die dir gefallen könnten.« An einem Stück Käse kauend stützt sie eine Hand in ihre runde Hüfte und mustert mich.

»Du siehst toll aus! Hattest du etwa ein Date?«

Ich schüttle den Kopf und schraube den gelben Nagellack auf.

»Na gut, na gut. Dann gehe ich mal duuuschen.« Im Türrahmen bleibt sie stehen und legt den Kopf schief.

»Läuft hier gerade *Jingle Bells*?«

»Ich hatte Lust drauf«, erkläre ich.

Sie zuckt mit den Schultern und tanzt aus der Küche.

»Ich leih mir mal dein Shampoo, ja? Meins ist nämlich alle«, ruft sie aus dem Flur.

Das Wasser rauscht im Badezimmer. Unsere Wände sind aus Papier. Gold mit Glitzer auf den Mittelfinger.

Ich bepinsele gerade den nächsten Nagel mit dunkelblauem Lack, als es im Bad rumpelt. Elvy flucht. Die Badezimmertür geht auf; das Wasser rauscht weiter. Plötzlich steht eine klitschnasse Elvy im Handtuch und mit triefendem Eyeliner wieder bei mir der Küche.

»Wieso zur Hölle ist dein Fach im Bad leer?«

Shit.

»Was ist hier los?«

Der Nagellack tropft vom Pinsel auf den Küchentisch.

Shit!

Ich öffne den Mund, aber die Worte bleiben mir im Hals stecken. Elvy kneift die Augen zusammen.

»Was ist *los*, Jo?«

Ich lasse meinen gedankenschweren Kopf hängen. Hochkonzentriert schraube ich das Nagellackfläschchen zu. Schaue anschließend auf die Tischplatte zum dunkel glänzenden Klecks Nagellack im flackernden Kerzenlicht. Auf der Suche nach einem Wort, das alles ins Rollen bringt, kratze ich den letzten Rest Kerzenwachs aus den Rillen im Holz. Endlich kriecht der erste Satz über meine Lippen.

»Ich war heute bei meinem Arzt zur Routineuntersuchung«, beginne ich, »und er hat eine Anomalie in meinem Gehirn gefunden ... Neue Tumore.«

Elvy schweigt in voller Lautstärke. Also fädle ich ein paar ernste Sätze aneinander und rede weiter. Wiederhole die Fachausdrücke von Dr. Fahim in der Hoffnung, dass am Ende meines Vortrags keine Fragen mehr offenbleiben. Erzähle von der Prognose: Weltuntergang in wenigen Tagen. Aber so genau weiß man das natürlich nie.

Als ich nichts mehr hinzufügen möchte, steht Elvy noch immer wie versteinert im Türrahmen. Ich blicke zaghaft zu ihr auf. Ihre hellen Augen verabschieden eine schwarze Träne. Ich kann nicht noch mehr Traurigkeit ertragen und schaue wieder auf meine bunt lackierten Nägel.

»Bitte guck mich nicht so an«, sage ich.

Ich spüre ihren Blick auf mir, als sie sich langsam auf dem Stuhl gegenüber niederlässt.

»Wie denn?«, faucht sie.

»Ich weiß nicht. Du guckst so ... *hoffnungslos*«, raune ich. »Ich bin ironischerweise gesund, also bis auf die

Tumore ... Deshalb schenk dir dein Mitleid.« *Das klang gemeiner, als ich wollte.*

»Aber du –«, *stirbst,* flüstert sie, ohne das Wort auszusprechen.

Es hängt transparent zwischen uns.

Ich lackiere mir den letzten Nagel kirschrot, während ihre Realisation auf den Küchenboden tropft. Unsere Blicke treffen sich wieder. Elvys Gesicht ist mit schwarzen Linien übersät. Sie sieht aus wie gemalt.

Die Dusche schüttet im Nebenraum unbeeindruckt weiter und ich versuche mich in einem aufmunternden Lächeln.

»Geh bitte endlich zu Ende duschen; deine Pandaaugen irritieren mich.«

13

Ich schraube den roten Nagellack zu, als Elvy auch schon wieder in die Küche prescht. Nur wenige Sekunden, nachdem sie ins Bad verschwunden war. Das Schwarz hat sie notdürftig aus dem Gesicht gewischt, ihre Klamotten von eben offenbar erneut übergezogen. Sie stellt zwei Schnapsgläser auf die Arbeitsplatte und holt eine Flasche eiskalten Wodka aus dem knirschenden Tiefkühlfach. Ungeduldig überkippt sie beide Gläser mit einem Schwall der klaren Flüssigkeit. Sie hat ihr Glas bereits geleert, bevor sie das zweite vor mir auf den Tisch stellt. Kaum wieder auf dem Stuhl Platz genommen, füllt Elvy erneut ihr Gläschen bis zum Rand. Ein Tropfen Duschwasser hängt schimmernd an ihrem Ohrläppchen.

»Und dein Arzt ist sich *sicher*? Ich meine – ist das denn wirklich eine *endgültige* Diagnose? Kann man da wirklich gar nichts machen? Hast du dir eine zweite Meinung eingeholt?« Sie beruhigt ihre wacklige Stimme mit einem weiteren Schluck Alkohol. Dann fixiert sie mich mit rot unterlaufenen Augen. »Wie fühlst du dich denn? Was wirst du morgen tun? Oder heute? Ich meine ... Was hast du denn jetzt überhaupt vor?«

Ihre Fragen stapeln sich zwischen uns auf dem

Küchentisch. Ich schiebe das Schnapsglas beiseite und lege meinen Kopf auf die tröstende Tischplatte.

»Ich *weiß* es nicht.«

Einen Moment lang schweigen wir beide. Elvys Fuß tippelt wieder und wieder nervös gegen das Tischbein. Der Tisch vibriert. In meinem Kopf dreht sich alles, auch ohne Alkohol. Dann steht Elvy ruckartig auf, verlässt den Raum und kehrt kurz darauf wieder zurück. Sie greift nach meinem Glas und stürzt sich den Wodka in den Rachen.

»Lass uns doch mal überlegen ...«

Das Klicken eines Kugelschreibers.

»Wir müssen ja anscheinend jetzt das Beste draus machen.«

Müssen wir? Müssen *wir*?

»Wir könnten in ein schickes Hotel einchecken.«

Die Metallkugel kratzt über Papier. »Einfach *alles* beim Zimmerservice von der Karte bestellen!«

Ich sage nichts. Ein leises Fiepen vibriert in meinen Ohren.

»Wie ist es mit Sex?«, fragt sie.

»Was soll damit sein?«, frage ich zurück.

»Wie wäre Mark?«, überlegt sie weiter.

Nein!

Meine Stirn hält sich an der Tischplatte fest.

»Nein, nicht Mark! Dann kannst du mein Herz auch

einfach gleich hier und jetzt aufreißen und ausbluten lassen.«

»Okay, okay. Kein Mark. Wie wär's denn mit dem *hinreißenden* Professor? Wie heißt er noch gleich – Tannenbaum?«

»Thalwald. Und nein.«

»Jetzt oder *nie,* Baby!«

Ich seufze.

»Wir finden schon jemanden«, sagt Elvy voller Zuversicht.

»Nein bitte; keinen Sex mit einem Fremden an meinem letzten Tag, das würde alles ruinieren. Das ist es nicht wert.«

»*Ich* bin nicht fremd.«

Ich hebe den Kopf. Ihr linker Mundwinkel schiebt ein Grübchen in ihre Wange.

»Ich würde mich opfern«, sagt sie mit funkelnden Augen.

»Das hättest du wohl gern.«

Sie lacht und schreibt etwas auf die Liste.

»Fallschirmspringen!«

Niemals!

Der Stift flitzt über die Seite. Elvy scheint in ihrer Übereifrigkeit vollkommen aufzugehen. Mich kotzt es richtig an.

»Definitiv Karaoke. Und tanzen natürlich.«

Natürlich.

»Porsche fahren.«

Ich hasse *Autofahren.*

»Austern essen. Ein Kino mieten nur für uns. Oder noch besser – für uns und all unsere Freunde! Feiern im Kino!«

Das Fiepen in meinem Ohr verändert die Tonlage.

»In ein Kaufhaus einbrechen.«

Eine unangenehme Frequenz. Mühsam stehe ich auf und gehe zu meinem Kaffee. Auch kalt schmeckt er grässlich. Elvy murmelt etwas. Ihre Wangen sind gerötet. Sie schreibt und schreibt und schreibt. Und dann schreibt sie *noch* weiter. *Was schreibt sie da alles, verdammt nochmal?*

Die erste Seite ist voll. Sie dreht den Ringblock um und kritzelt auf ein neues Blatt. Das Geräusch des Kugelschreibers kratzt an meinem Trommelfell. Sie schreibt immer mehr und mehr, wo doch meine Zeit immer *weniger* wird.

Endlich hebt sie den Blick von der Liste nachdenklich zur Decke. Dann lässt sie den Stift wieder aufs Papier schnellen:

»Uh, und du *musst* – «

Ein greller Ton beißt sich in mein Gehirn. Ich will nichts mehr *müssen!* Mein Schädel vibriert in voller Lautstärke, bis es schließlich unerträglich wird.

»*Gar nichts* muss ich!«, brülle ich gegen den Lärm in meinem Kopf. Im nächsten Augenblick sehe ich meine Hand die halbvolle Tasse quer durch den Raum schleudern.

Ein kleiner Schwall kalten Kaffees schwappt überrascht heraus und landet klatschend auf dem Boden. Die Tasse fällt krachend gegen die Wand über der Spüle und spuckt den restlichen Inhalt darauf. Spektakulär unbeschadet poltert sie ins Spülbecken. Der Kaffee an der Wand fließt eingeschüchtert hinterher.

»Ich muss *GAR NICHTS!*«, schreie ich den hellbraunen Fleck an. Meine Ohren kreischen.

»*Sterben* muss ich!«

Meine Fäuste beben. Es knackt und plötzlich ist alles stumm. Elvys Schatten kommt auf mich zu. Ich spüre ihre kräftigen Hände um meinen Hals, wie sie mir die Luft abschnüren. Ich kann nicht atmen! Das Kerzenlicht erlischt.

14

Meine Organe flattern, als ich auf die Knie sinke. Ich keuche. *Ich ersticke!*

Übelkeit steigt in meinem Brustkorb auf und quillt zwischen meinen Rippen hervor. Elvys Stimme dringt dumpf an mein Ohr. Ich höre sie, aber *verstehe* nichts. Es wird kalt. *Mir* wird kalt. Überall.

Zwei Arme umschlingen mich. Halten mich fest. Ich kämpfe, doch kann mich nicht befreien. Mein Herz stolpert gegen ein zweites. Es torkelt in meiner Brust hin und her. Stößt so lange mit zitternden Innereien zusammen, bis es langsamer wird. Zur Ruhe kommt. Meine Lungen füllen sich mit eisiger Luft. Von Elvys rauer Stimme lüftet sich ein Schleier. Ihre Worte gewinnen wieder Kontur.

»Einatmen – ausatmen«, flüstert sie mir zu, wie ein Metronom. »Einatmen – ausatmen.«

Ich höre angestrengt zu. Würge die Übelkeit hinunter und versuche, mich auf meinen Atem zu konzentrieren.

Einatmen – ausatmen.

Zelle für Zelle setzt sich mein Körper langsam wieder zusammen. Mein Gesicht ist nass, meine Augen sind kraftlos und müde. Ich blinzle in den halbdunklen

Raum. Elvy verstummt. Unsere Herzen schlagen im Gleichtakt. Durch das geöffnete Fenster scheint sanftes Mondlicht zu uns herein. Wir sitzen zusammengeknüllt auf dem Küchenboden. Tagelang.

»Tut mir leid«, hauche ich.

»Nein, nein, *mir* tut es leid!«, entgegnet Elvy und umarmt mich fest. Eine Träne fällt auf meine Nasenspitze.

»Ich glaube, du hattest eine Panikattacke.«

Ich nicke ein *Das-glaube-ich-auch*.

»Hattest du schon mal eine?«

Ich schüttle meinen verwirrten Kopf.

Elvy erhebt sich und sammelt mich vom Boden auf. Sie setzt mich auf einen Stuhl und sich selbst auf den Zweiten, den sie direkt daneben stellt. Legt den Arm um meine Schulter und lässt meinen Kopf an ihrem ausruhen.

Während wir gemeinsam schweigen, sickert die Realität durch mich hindurch.

»Ich habe Angst, Elvy.« gebe ich zu.

Wortlos legt sie ihre Hand auf meine.

»Ich fühle mich wie gelähmt, weißt du. Ich hab das Gefühl, mir bleibt für nichts mehr genug Zeit. Ich hatte meine Chance. Hatte so viele gute Jahre. Aber ich hätte sie besser nutzen sollen. Besser nutzen *müssen*. Jetzt kann ich alles vergessen. All die Pläne für die Zeit nach dem Studium. Die Reisen und die eigene Wohnung.

Mit dem ersten richtigen Geld, später. *Später...* Dieses scheiß Später, das nie kommt ... Jetzt ist es *zu* spät.«

Meine Augen schmerzen; ich habe keine Tränen mehr übrig.

»Ich denke nicht, dass es zu spät ist«, erwidert Elvy vorsichtig. Sie nimmt ihren Arm von meiner Schulter und schaut mich an. In ihren Augen wohnt die Arktis.

»Gibt es denn gar nichts, was du schon immer mal machen wolltest?«, startet sie einen neuen Versuch.

»Irgendwas Besonderes, Aufregendes?«

Will ich etwas Besonderes, Aufregendes?

»Ich wollte immer nach Australien«, überlege ich. Das ist das Aufregendste, was mir einfällt. »Schon der Flug dauert mehr als 24 Stunden.« Meine Seele seufzt. Wir schweigen wieder.

»Ich muss unbedingt in mich hineinhören. Muss herausfinden, was mich *jetzt, in diesem Augenblick,* glücklich macht.«

»Und, was hörst du dich sagen?«, fragt Elvy.

»Ich will eigentlich nur«, beginne ich mit einem matten Schulterzucken, »dass alles wieder normal ist. Zurückspulen – zwei Tage rückwärts. Wenn heute wieder vorgestern wäre, hätte ich ja immer noch ein Morgen ... Verstehst du? Macht das Sinn, oder werde ich gerade verrückt?«

Elvy überlegt kurz, hakt kopfschüttelnd ihren

Arm unter meinen und sagt: »Nicht verrückt; komm –
ab in die Zeitmaschine.«

15

Im Wohnzimmer bugsiert mich Elvy auf die Schlaf-couch und wickelt unsere Kuscheldecke eng um meinen kompletten Körper. Ich bin ein müder Burrito. Dann knipst sie die Lichterkette an, die sich im Zickzack über die Wohnzimmerdecke spannt.

Beim Anbringen haben wir geflucht und gelacht. Um ein Haar wäre Elvy damals von der Leiter gefallen und hätte sich vermutlich mindestens ein Bein gebrochen.

Jetzt stöbert sie konzentriert durch ihre Filmsamm-lung. Ich bin überzeugt, dass Elvy der letzte Mensch auf Erden ist, der DVDs sammelt.

»Den gleichen Film wie vorgestern, oder worauf hast du Lust?«, fragt sie mich, ohne sich umzudrehen. »Einen Zombiefilm? Arthaus? Film noir? Was richtig Trashiges? Oder doch lieber einen Porno?«

Irgendwas.

»Trash!«, entscheide ich.

»Trash it is. Ach ja, und willst du Wein? Merlot?«, fragt sie, während sie die silberne Scheibe aus der Plastikhülle klickt.

»Danke, nein.«

Sie kuschelt sich zu mir in die Kissen und erweckt mit einem Knopfdruck den Fernseher zum Leben.

Ihre Klamotten riechen nach Zigaretten und kräftigem Bier. Der Film startet und gemeinsam starren wir auf den Bildschirm.

»Warum ich, Elvy?«

Ich bekomme eine Umarmung als Antwort.

Meine Beine sind schwer wie Blei. Mein Herz schlägt träge. Meine Gedanken tröpfeln. Es ist mitten in der Nacht und Elvy streicht mir kraftlos durch die Haare. *Wie es sich wohl wirklich anfühlen wird zu sterben?*

»Ich habe gelesen, wenn man stirbt, zündet im Kopf eine Art Feuerwerk, bevor schließlich alles dunkel ist«, sage ich leise, während der Film in die Dunkelheit flimmert. Elvys Hand auf meinem Kopf wird schwerer. Ihre Atemzüge sind gleichmäßig. Ich kuschle mich tiefer in die Decke, bis zur Nasenspitze, und fühle mich leer. *Gut* leer. Weniger Gedanken. Weniger allein.

Jetzt, in diesem Moment, ist alles gut.

Einatmen – ausatmen.

16

Eine monotone Musik zieht mich zurück in die Gegenwart. Der Film ist längst vorbei. Der Fernseher zeigt das DVD-Hauptmenu in Endlosschleife. Ich muss eingeschlafen sein. Neben mir liegt Elvy und schnarcht.

Ich wickle mich aus der Decke und strecke mich. *Wie spät ist es?*

Mein Kiefer knackt beim Gähnen. *Moment – welcher Tag ist heute?* Mit einem kräftigen Schlag trifft mich die Erinnerung – es ist nicht vorgestern! Es ist wieder heute. Mein *letztes* Heute!

Ein überwältigender Gegenwartsschmerz flutet mich. Die Zeitmaschine hat nicht funktioniert.

Ich taste zwischen den Kissen nach der Fernbedienung; das Fernsehbild erlischt. Vorsichtig stehe ich auf und lege die Decke über Elvy. Auf ihrer Stirn hinterlasse ich einen unsichtbaren Kuss. *Pass auf dich auf!*

Ich schleiche ins Bad und schließe geräuschlos die Tür.

Meine Augen brauchen einen Moment, um sich an das helle Licht der Deckenlampe zu gewöhnen. Halb blind taste ich nach der Zahnbürste und putze mir möglichst leise die Zähne. Die Zahnpasta schmeckt nach Alltag. Ich betrachte mich währenddessen im

Spiegel. Versuche mir einzuprägen, wie ich aussehe.

Die schmale, gerade Nase mochte ich immer an mir. Die kurzen Wimpern. Die klitzekleinen dunkelbraunen Punkte rund um die Pupillen. Meine Augen glänzen und für den Bruchteil einer Sekunde huscht die Idee eines Lächelns über meine Lippen.

Ein kleines Wölkchen aus Schaum trudelt langsam in den Abfluss. Meine Zahnbürste macht ein schepperndes Geräusch, als sie im Mülleimer landet.

Ich schlüpfe zurück in den Flur und hole meinen hellblauen Rucksack vom Haken an der Wand. Auf Zehenspitzen trage ich ihn in mein Zimmer und schließe die Tür. Der Schein der Leselampe lässt sich auf der Bettdecke nieder. Beleuchtet den gefüllten Schuhkarton, der noch immer auf dem Bett liegt und in Erinnerungen schwelgt. Ich streife mit der Hand darüber, hebe den Deckel ab und hole alles heraus, was unter meinen Fingern zu glühen beginnt. Aus der Krimskramsschublade nehme ich ein leeres Notizbuch und lege einige Fotos hinein. Den nun halb leeren Karton schiebe ich wieder zu den Wollmäusen unters Bett. Am Schreibtisch durchwühle ich mein kleines Sammelsurium an zufälligen Dingen und packe alles ein, was sich seltsam notwendig anfühlt. Ich streife durch den Raum und fülle den Rucksack mit Herzenssachen. Aus dem Regal wähle ich ein paar meiner Lieblingsbücher aus. Brauche jetzt die Gesellschaft von Emily Dickinson und Jorge Bucay. Ich verstaue ihre Bücher ebenfalls im Rucksack und schließe den Reißverschluss.

Danach gehe ich nochmal zum Regal und ziehe den großen, schweren Bildband über Australien heraus. Auf der Innenseite klebt ein Briefumschlag, den ich behutsam herauslöse. Ich nehme ein paar Scheine heraus und stecke sie in mein Portemonnaie. Den Rest lasse ich im Kuvert und beschrifte ihn: *Für eine Spülmaschine! Ich liebe dich, Jo.*

Ich werfe mir den Rucksack über die Schulter, ziehe die Bettdecke glatt und schalte die Lampe aus. Der Raum liegt im dunkelblauen Licht eines frühen Morgens. Ich schaue mich ein letztes Mal um.

Herbert schweigt zum Abschied. Dann verlasse ich mein Zimmer für immer.

17

Ich lege den Briefumschlag auf den Küchentisch und stehle mich am Wohnzimmer vorbei zur Wohnungstür. Es ist still. Ich schlüpfe in meine Turnschuhe und nehme die Jacke vom Wandhaken. Die Tür öffnet sich heiser, ohne richtig aufzuwachen. Ich dagegen bin hellwach. So wach wie noch nie.

Meine Beine poltern entschlossen die Stufen hinunter, als plötzlich Musik durchs Treppenhaus wummert. Auf halber Treppe halte ich inne und lausche den dumpfen Hip-Hop-Sounds, die aus dem vierten Stock nach unten wabern. Ebert, Stein, Nuygen – wie immer. Mein Fuß schwebt über der nächsten Stufe. *Hmpf.*

Ich drehe um und stapfe zurück nach oben.

Dort angekommen keucht meine Lunge. Die Luft ist *dünn* im Vierten! Ich hämmere gegen den Beat an die Tür. Im Inneren der Wohnung klimpert etwas, aber niemand öffnet. Ich lehne mich zum Verschnaufen an einen Stapel Bierkisten und klopfe erneut. Endlich öffnet sich die Tür – Stein steht mit einem fetten Grinsen schwankend vor mir. In seiner linken Hand hält er ein Bier und eine qualmende Zigarette.

»Hey!«, säuselt er. »Drittes OG, richtig?« Er klingt

bekifft. Ich stelle mich aufrecht hin und stemme meine Arme in die Hüften. *Angriff! Schere, Stein, Papier.*

»Ich kann es echt nicht mehr hören!«, schnaufe ich.

Er kneift die Augen zusammen und zieht an seiner Zigarette.

»Ständig eure megalaute Mucke, die bis in den Keller dröhnt!«

Wieder grinst er.

»Mach endlich eure scheiß Musik leiser, Arschloch!«, schleudere ich ihm entgegen. Sein Grinsen verschwindet. Der Rauch kriecht wie Nebelschwaden aus seiner Wohnung ins Treppenhaus und lässt ihn wie einen zweitklassigen Magier aussehen.

»Ihr wohnt hier verdammt nochmal nicht alleine! Nur weil eure Finanz-Papis euch die Markenklamotten finanzieren, damit ihr wie kleine Möchtegern-Manager hier rumstolziert, heißt das nicht, dass ihr euch alles erlauben könnt! Kauft euch lieber mal nen anständigen Musikgeschmack. Diesen pseudo Gangsta-Rap kauft euch BWLern hier sowieso niemand ab.«

Papier schlägt Stein!

Ich drehe mich auf dem Treppenabsatz um und rausche nach unten, bevor er die in meinem Gesicht aufsteigende Röte bemerken kann. Sein »Sorryyy!« schwirrt mir hinterher.

Die Tür fällt zu. Kurz darauf verstummt die Musik.

Tatsächlich, gewonnen!

Auf der letzten Stufe entfaltet sich ein Lächeln in meinem Gesicht. Das hätte ich schon viel *früher* machen sollen!

18

Ich stoße die Haustür auf in den dämmernden Morgen eines ungeschriebenen Tages. Der Innenhof ist friedlich und still.

Ich wecke mein Rad und löse es von der Kette. Wir schieben uns durch die große Tür ins Vorderhaus und schließlich hinaus auf die leere, laternenbeschienene Straße. Ich schwinge mich auf den Sattel, der Rückenwind bringt uns ins Rollen.

Wir fahren die wenigen Meter bis zum Ende der Straße. Im Schaufenster an der Ecke glimmt die Neon-Leuchtschrift: *Open*.

Ich betrete den schummrigen Späti. Der Eigentümer sitzt vermutlich wie so oft in irgendeinem Hinterzimmer; es riecht nach kaltem Rauch und Langeweile. Ich schlängle mich durch die engen Gänge. Der Boden klebt. Ein Meer an Flaschen, unter denen sich die Regalböden biegen. Toilettenpapier bis an die Decke. Ich sammle. Eine Flasche Mate (zum wach bleiben), alle fünf Tafeln Zartbitterschokolade (für die Nerven), Champagner (weil YOLO) und Sonnencreme.

An der Kasse flimmert eine erschöpfte Lichterkette in allen Farben. Ich türme meinen Einkauf neben

dem Aufsteller mit Kaugummis in jeder Geschmacks-
richtung auf.

Ungeduldig räuspere ich mich und drehe ein scheuß-
liches Feuerzeug in meinen Händen. Darauf ist ein aus-
geblichenes Kätzchen gedruckt, das eine Weihnachts-
mütze trägt. Elvy würde es lieben. Der Ladenbesitzer
kommt endlich in Badelatschen um die Ecke geschlappt
und hackt auf die Zahlentasten der Kasse ein.

»Das noch«, ich hebe das Feuerzeug hoch, »und eine
Packung Zigaretten.«

Statt zu reagieren, schaut er mich mit teilnahms-
losem Gesicht an.

»Die Blauen, bitte!«, sage ich und zeige über seine
rechte Schulter.

Er dreht sich mechanisch um und zieht die kleine
Packung aus dem großen Mosaik an Pappschachteln
heraus. Eigentlich rauche ich nur auf Partys. Aber heute
ist ja quasi meine letzte Party. *Es ist noch nicht zu Späti,*
quakt mein überdrehtes Gehirn und ich frage mich, ob
irgendjemand auf dieser Welt meine schlechten Witze
vermissen wird.

Ungeschickt stopfe ich alles in den Rucksack, die
Flaschen klimpern gegeneinander. Der Reißverschluss
beißt mühsam seine Zähne zusammen. Ich krame
einen Schein aus meinem Portemonnaie und lege ihn
auf den zerkratzten Zahlteller.

»Stimmt so.«

Der Besitzer schenkt mir ein spitzes Lächeln. *Geht doch.*

»Tschüss«, sage ich und wuchte meinen Einkauf auf den Rücken.

Ich kenne nicht mal den Namen des Spätimannes, der wortlos wieder im Nebenraum verschwindet. Wenigstens die Tür verabschiedet sich mit einem lahmen Zweiton-Gruß von mir.

Draußen zerrt der frische Morgenwind an meinen Haaren, als wolle er mich in alle Richtungen gleichzeitig ziehen. Ein Spatz taumelt durch die Luft an mir vorbei, als ich die Zigarettenpackung aus dem Cellophan pelle: *Rauchen kann tödlich sein.*

19

Ich steige wieder auf mein Rad und frisch ausgerüstet fahren wir weiter. Galoppieren über das Kopfstein- pflaster der leeren Straßen. Die Steine glänzen im oran- genen Licht der Straßenlaternen. Vorbei an alten Häu- sern; ihre Fassaden noch bemalt in der Farbe der Nacht.

Lautlos rollen wir hinein, in den schläfrigen Park. Teilen uns diese Oase der Ruhe mit einer Handvoll Joggern, die verstreut ihre Runden laufen. Es sind nur disziplinierte, sportlich ambitionierte Menschen unter- wegs. Und ich.

Wir brausen die knirschenden Wege zwischen blau- grünen Wiesen entlang. Es duftet nach taufeuchter Erde. Unter den knorrigen Bäumen sammeln sich tief- schwarze Schatten. Am Fuß des Trümmerbergs nehme ich die Füße von den Pedalen und lasse mein Rad einen Rastplatz suchen.

Allein folge ich dem langen, gewundenen Weg, der spiralförmig nach oben führt. Das weiche Licht des Morgens drückt sich vorbei an den nackten Ästen der schlanken Bäume. Es ist gespenstisch still. Ich höre nur meinen Atem. Mit jedem Schritt nähere ich mich dem Anbruch des letzten Tageslichts. Die Bäume werden lichter und ich sehe zwischen den Stämmen die ersten Häuserdächer. Vorfreude blubbert in mir. *Gleich bin ich da.*

Am Ende des Weges führen ein paar Stufen hinauf zum Plateau. Oben überquere ich die Wiese zur Stelle, an der die Bäume ein schiefes Sichtfenster auf die Stadt freigeben. Dort setze ich mich auf die breite, niedrige Mauer, die den Platz umringt. Lasse die Beine baumeln und den Atem zur Ruhe kommen. Mein Blick verweilt auf der Stadt. Ein Miniaturwunderland mit unzähligen Häusern. In ihnen all die winzigen Menschen, die in ihren kleinen Betten liegen und ihr Leben verschlafen. Von Größerem träumen, um dann nach dem Aufwachen ihrem unbeschwerten Alltag nachzugehen.

Am Horizont mischt sich ein blasses Gelb ins tiefe Blau des Himmels. *Wieso ergibt das eigentlich nicht grün?*

Ich lege den Rucksack neben mir ab und ziehe die lauwarme Champagnerflasche heraus. Zwirbelnd lockere ich den Drahtverschluss, und schon schießt der Korken mit einem lauten Knall weit davon und verschwindet zwischen den Bäumen. Eine Welle Schaum rollt aus der Flasche hinterher. *Ups.*

Jetzt habe ich vermutlich die halbe Stadt geweckt. Ich warte, bis sich der Champagner beruhigt hat.

»Auf mich!«

Ich proste dem Himmel zu und genehmige mir den ersten Schluck.

»Frau Zeiss?«

Eine bekannte Stimme lässt mich zusammenfahren. Der Champagner schwappt erschrocken in meine Nase. Die Kohlensäure flüchtet überall in meinen Kopf und ich muss husten und niesen zugleich. *Was zum ...*

»Tut mir leid, ich wollte Sie nicht erschrecken.«

Mein Herz setzt einen Schlag lang aus. Da steht er schweratmend vor mir. Leicht verschwitzt in seiner engen Sportkleidung und mit diesen schmunzelnden Augen – Professor Thalwald. Er wischt sich das wellige Haar aus der Stirn und hält meinen Atem an.

»Ein wirklich seltener Anblick ...« Er nähert sich zwei Schritte und schaut an mir vorbei in Richtung der Häuserdächer. »Eine Studentin, hier oben. Und dann auch noch zu dieser nachtschlafenden Zeit.«

Seine karamellbraunen Augen treffen meine. Sein Lächeln schmettert mich fast von der Mauer.

»Gibt es etwas zu feiern?«

Er zeigt auf die tropfende Flasche in meiner Hand. Ich folge seinem Blick mit offenem Mund. Zwischen uns breitet sich Stille aus.

Sag was!

Während mein überrumpeltes Gehirn sich noch

nicht für eine passende Reaktion entscheiden kann, beschließt mein Gesicht rot anzulaufen, um die Situation maximal unangenehm zu machen. Er räuspert sich und ich setze als Antwort ein schiefes Lächeln auf.

»Es ist jedenfalls ein seltener Umstand, dass ich hier so früh jemanden antreffe.« Professor Thalwald stellt seinen linken Fuß auf die Mauer und beginnt sich zu dehnen.

»Ja. Nein. Verstehe ... Normalerweise ist das auch gar nicht meine Zeit«, stottere ich endlich.

Er umfasst seinen Fuß und schaut zu mir herüber.

Eine Kirchturmglocke erklingt in der Ferne und versucht ihr Bestes, um die brutale Stille zu durchbrechen.

Endlich setzt mein Fluchtreflex ein und ich greife nach dem Rucksack. Umständlich hopse ich mit ihm in der einen und der Champagnerflasche in der anderen Hand von der Mauer.

»Also dann,«, sagt er, stellt sich wieder aufrecht und stützt die Hände in die Hüften. Als wäre es unbedingt nötig gewesen, noch mehr wie eine römische Statue auszusehen.

»Genießen Sie die friedvolle Stille, bevor Ihre Artgenossen aufwachen.« Er nickt mir freundlich zu und trabt gemächlich los. Ich starre auf seinen Rücken. Die Kirchturmglocke schlägt ein sechstes Mal. *Jetzt oder nie, Baby!*

»Herr Thalwald?«

Er dreht sich mit hochgezogenen Augenbrauen zu mir um; mein Herz rutscht bis zum Mittelpunkt der Erde.

»Ich« *Muss jetzt los.*

»Ich« *Wünsche Ihnen noch einen schönen Tag.*

»Ist alles in Ordnung, Frau Zeiss?«

»Nein. Also, doch schon ...« Ich schaue zu Boden und schüttle den Kopf. *Hier und jetzt mein letzter Kuss ...*

Ich stelle die Flasche neben meine Füße, kratze all meinen Mut zusammen und schaue entschlossen zu ihm auf.

Wer nicht wagt ...

»Ich glaube ... Ich habe mich in Sie verliebt.«

Seinem Gesicht entgleitet jeglicher Ausdruck. Meine Worte prallen an ihm ab und segeln zu Boden.

... der nicht gewinnt.

Ein Vogel zwitschert sein Mitleid in die unangenehme Stille zwischen uns. Ok, *jetzt wäre ein guter Zeitpunkt zum Sterben!*

Nun schaut *er* kopfschüttelnd auf den Boden.

»Frau Zeiss ...«, beginnt er, offenbar ohne zu wissen, wie der Satz weitergehen soll. Er atmet hörbar aus.

»Ist schon okay«, helfe ich ihm. »Ich meine ... Es ist alles gut. Ich wollte es nur loswerden.«

Er schaut mich an, einen unlesbaren Ausdruck im

Gesicht. Ich hebe die Hände: Ich bin unbewaffnet.

»Sie müssen gar nichts sagen! Weil ich damit ja eigentlich auch gar nichts sagen will. Verstehen Sie?«

Er sieht mich fragend an. Ich winke ab und gehe einen Schritt zurück.

»Alles gut, wirklich. Also dann. Viel Glück!«

Viel Glück?

»Ich meine ... Einen schönen Tag noch.« *Nichts wie weg hier!*

»Frau Zeiss, ich –«

»Alles gut!!«, rufe ich beim Gehen über meine Schulter. »Es ist alles gut!«

Ich stürme die Stufen hinab. In mir ein wildes Durcheinander an Gefühlen. *Endlich ist es raus.*

Schön, dass ich heute noch den peinlichsten Moment meines Lebens erlebt habe!

Ich schraube mich um den Berg herum nach unten, laufe immer schneller. Mein Puls schlägt kräftig in der kleinen Stelle zwischen den Schlüsselbeinen. Nun gehöre ich also auch zu denjenigen, die um sechs Uhr morgens durch den Park joggen.

20

Am Fuße des Berges gewinnt das Seitenstechen. Meine Beine fühlen sich taub an und werden langsamer. Schließlich bleibe ich stehen und ringe, auf die Oberschenkel gestützt, nach Atem. Ich fühle mich leichter, freier. Mein Herz flimmert vor Lachen.

Ich gehe an meinem Fahrrad vorbei, ein menschenleerer Spielplatz zieht mich magnetisch an. Zwei Schaukeln wiegen sich einsam im Wind; im Metall der Rutsche spiegelt sich die Sehnsucht nach Kinderlachen.

Ich schließe die Augen, schlüpfe aus den Turnschuhen und stehe auf einmal am Meer. Der Sandstrand unter meinen Füßen ist kalt und feucht. Erzählt mir von den Wellen der letzten Flut. Meine Wimpern flattern in der Brise, es riecht nach Salz. Ich lege den Rucksack ab und hole die Zigarettenschachtel heraus. Meine Zehen sinken in den Sand und meine ächzenden Lungen füllen sich mit Rauch.

Nachdem ich mich bei meinem kleinen Strandspaziergang wieder ruhig geraucht habe, setze ich mich auf eine der Schaukeln. Die Metallketten fühlen sich kalt und seltsam klebrig an. Dunkle Gedanken kriechen in meinen Kopf. *Ich werde nie Kinder mit klebrigen*

Fingern haben. Ich werde nie Mutter sein. Studentin für immer.

Langsam drehe ich mich im Kreis. Die Metallketten schlingen sich klimpernd umeinander. Ich rotiere wie auf dem Glasteller einer Mikrowelle so lange um mich selbst, bis meine Füße kaum noch den Boden berühren.

Als die Spannung der eingedrehten Ketten am stärksten ist, hebe ich die Beine. Ich kreise auf der Stelle. Erst langsam, dann immer schneller und schneller. Bin im Inneren eines Wirbelsturms. Mein Bauch kribbelt bis zur Nasenspitze und meine Beine ziehen sich in die Länge wie gekochte Nudeln. Ich bin elastisch. *Halt dich gut fest,* ruft Mama.

Dann legt sich der Sturm und ich schwinge wieder ins Erwachsensein. Ich bleibe ein paar Minuten sitzen und betrachte den Morgen. Eine dünne Schicht silbriger Wolken schiebt sich zwischen mich und den blassblauen Himmel. *Noch ein Mal Regen.*

Ein Sommergewitter. Einen stürmischen Kuss unter donnerndem Himmel.

Über mir kreist eine schwarze Möwe. In den Dünen wartet mein Rad auf die Weiterfahrt.

21

Die Straßenlaternen erlöschen. Der letzte Tag ist offiziell angebrochen. Ich schwinge mich aufs Rad und folge meinem Instinkt. Wir verlassen den Park und fahren in meinen Lieblingskiez. Die Fahrradreifen rollen über den Asphalt, vorbei an goldenem Konfetti, das in der Bordsteinrinne glänzt.

Wir biegen in eine schmale, lange Straße, über der unzählige Wimpelketten im Wind wehen. Meterlang sind sie zwischen den alten Häusern gespannt. Von Fenster zu Fenster. Von Balkon zu Balkon. Von Laternenpfahl zu Regenrinne. Die Herzlichkeit der Nachbarschaft schwingt für jeden sichtbar in der Luft.

Wir fahren durch das Stück heile Welt. Ich, mit dem Blick nach oben auf die flatternden Fähnchen aus kunterbunten Stoffen. Hunderte weiche Dreiecke, die ihre blassen Schatten auf den Boden tupfen. Hier wollte ich immer wohnen. Eine eigene Wohnung, *irgendwann*. Mit einem kleinen Balkon für meine eigene Fahnengirlande.

Der erste eilige Hund des Tages zieht seinen Besitzer an einer straffen Leine aus einem der alten Häuser. Ich blicke meinem niemals zukünftigen Nachbarn hinterher. Vor der hölzernen Doppeltür, aus der er kam, entdecke ich einen Pappkarton mit Kinderspielzeug, einem Kochtopf und einigen Büchern. *Aber natürlich!*

Mit einer neuen Idee im Kopf trete ich kräftig in die Pedale. Wir lassen das bunt flatternde Viertel hinter uns und setzen unsere Reise fort. Schleunig fahren wir durch noch immer schlafende Straßen in den nächsten Bezirk. Ein paar müde Gestalten sitzen, gefangen in ihrer Routine, in einer fast leeren Straßenbahn. Sie schlängelt sich vor uns unter einer Brücke hindurch und vorbei an einem S-Bahn-Bogen, in dem ein Elektro-Club pulsiert.

In der nächsten Kurve verlassen wir die breite Straße und fahren am Fluss entlang. Ich bewundere die altbekannten Sehenswürdigkeiten mit neuen Augen.

Das andächtige Museum, das Gemälde und Skulpturen vergangener Epochen stillschweigend in sich birgt. Der gewaltige Dom, dessen kupfergrüne Kuppeln hoch in den Himmel ragen. Kein Wunder, dass jährlich über 14 Millionen Touristen die Stadt fluten. Sie ist *wunderschön.*

Wir überqueren einen kleinen gepflasterten Platz, in dessen Mitte ein trockener Brunnen steht, und halten vor einem riesigen Schaufenster an.

Ich steige ab und lehne das Rad gegen die Hauswand.

Hinter der großen Glasscheibe befindet sich eine andere Welt. Meine *Lieblingswelt*. In der Auslage reihen sich diese Woche nur Bücher mit grünem Einband aneinander. Eines schöner als das andere. All diese heimatlosen Geschichten, die auf den richtigen Leser warten. Im Ladeninneren ist es erwartungsgemäß dunkel. Ich bin viel zu *früh*.

22

Ratlos stehe ich vor dem Buchladen und überlege, wohin mit mir. Eine kleine Weile lang starre ich auf mein treues Rad. Dann zücke ich mein Handy und schreibe eine Nachricht an Mel:

Danke, dass du immer so eine gute Freundin warst!

Nach kurzem Zögern lösche ich das letzte Wort.

Danke, dass du immer so eine gute Freundin für mich bist! Ohne dich hätte ich die Schulzeit echt nicht ertragen. Außerdem läge mein Herz ohne deine Hilfe vermutlich heute noch in Scherben. Ich möchte dir mein Fahrrad schenken. Du kannst es dir in der WG abholen, wenn du mal wieder hier bist. Einzige Bedingung – du kaufst dir einen ordentlichen Helm!

Eine Träne fällt aufs Display und rollt davon. Ein Motorroller kommt knatternd neben mir zum Stehen.

»Brauchst du so dringend neuen Stoff? Wir öffnen doch erst in zwei Stunden.«

Magnus!

Ich wische mir die Wange trocken und lache erleichtert.

»Was machst *du* dann schon so früh hier?«, frage ich.

Er schmunzelt durch seinen rotgrauen Vollbart und setzt den Helm ab.

»Ach, na ja, du weißt ja ...«, beginnt er und holt ein Schlüsselbund aus seiner Jackentasche. »Ich bin eh früh wach. Außerdem muss sich ja irgendjemand darum kümmern, dass Sartre auch pünktliches sein Frühstück bekommt. Du weißt – er wird sonst grantig ...«

Das Windspiel hinter der Ladentür klimpert freudig.

»Kann ich bitte, *bitte* schon mit rein?«, flehe ich, während er mir schon längst die Tür aufhält. Er winkt mich heran und ich hopple an ihm vorbei in den Laden.

Als ich zwischen den Regalen verschwinde, geht Magnus summend in den hinteren Bereich des Ladens. Kurz darauf raschelt und klappert es in der kleinen Küche.

»Möchtest du einen Tee? Wir haben diesen Chai da, den du so magst«, fragt seine honigwarme Stimme.

»Nein danke«, rufe ich und streife in den Gängen voller Bücher umher. Es duftet herrlich nach Papier. Meine Finger tanzen über die Buchrückenwellen im Meer der Geschichten. Ich schwimme durch die Romane, tauche ins Fantasyregal ein und bei den Biografien wieder auf. Werk für Werk sammle ich meine ungelesenen Bücher wieder zusammen.

Im Gang mit den Klassikern huscht vor mir ein Schatten über den Boden. Ich umarme bereits einen großen Stapel Bücher, als Magnus mit einer Müslischale in der Hand zu mir ins Antiquariat schlendert.

Seine Pantoffeln schlurfen über den Holzboden.

»Wie liefen denn deine Prüfungen?«, fragt er, geht zu einem Regal und zieht ein schmales Buch mit einem gelben Einband heraus. Er legt es auf meinen schwankenden Bücherstapel.

»Gut, denke ich.«

Er nickt und rührt in seinem Frühstück.

»Heißt das, du hast jetzt wieder mehr Zeit zum Lesen?«

Seine sorglose Frage schleudert mir so unerwartet entgegen, dass ich nicht mehr rechtzeitig ausweichen kann. Kurz verliere ich das Gleichgewicht und klammere mich fest an die Bücher, um wieder Halt zu finden.

»So ungefähr ...«, murmle ich und beeile mich, seinem Blick auszuweichen, indem ich den Gang verlasse.

Ich schiebe die Bücher auf einen kleinen runden Tisch und setze mich in den weichen Samtsessel daneben. Im Antiquariat klingelt es leise und kurz darauf erscheint Sartre zwischen den Regalen. Auf leisen Pfoten läuft er zu mir und schmiegt sich an meine Beine. Ich kraule durch sein schwarz glänzendes Fell.

»Ich brauche deine Hilfe«, beginne ich und warte ungeduldig, bis Magnus sich endlich in dem zweiten Sessel niederlässt.

»Na, dann schieß mal los!«, fordert er.

»Du musst mir erzählen, was in all diesen Büchern

passiert!«, sage ich und lege meine Hand auf den Stapel.

»In denen *allen?*«, fragen seine tiefen Lachfalten.

»Ich denen *allen!*«, nicke ich.

Er stellt die Müslischale beiseite, um sich die Buchrücken genauer anzusehen.

»Hast du dieses hier nicht neulich erst gekauft?«

»Habe ich verschenkt«, antworte ich schnell und nur halb gelogen.

»Also, ich kenne nicht *alle* alle ... Aber doch so einige.« Behutsam zieht er einen dicken Wälzer mit rotem Einband aus dem Stapel. »Das hier ist zum Beispiel *großartig!*«

Ich rücke gespannt an den Rand des Sessels.

»Wieso ist es *großartig?*«

Magnus lehnt sich zurück und streicht über seinen Bart, wie er es oft tut, wenn er nachdenkt. Er schlägt das Buch auf und blättert sanft durch die dünnen Seiten. Dann teilt er die Kapitel mit seinen Fingern ab.

»Wie klingt der Erzähler? Wie fühlen sich seine Worte an?«, frage ich weiter.

Er schaut still zu mir auf und dann aufmerksam zurück ins Buch.

»Du musst mir auch und *vor allem* das Ende verraten! Musst mir sagen, was dieses Buch mit einem macht. Ob es Mut schenkt, dich zum Lachen bringt oder dir das Herz bricht.«

Magnus hebt den Blick und seine buschigen Augenbrauen.

»Ich soll dir wirklich den Spaß am Lesen all dieser Bücher verderben?«

Ich nicke entschlossen. Magnus schüttelt den Kopf und lacht in seinem runden Bauch hinein. Er streicht sich abermals über den Bart und beginnt dann endlich zu erzählen. Sartre hüpft geräuschlos auf den Tisch mit den Kochbüchern und rollt sich auf ihnen zum Schlafen zusammen.

23

Gemeinsam reisen Magnus und ich durch die Jahrhunderte. Wir wandern durch Gefühlswelten. Ich folge ihm auf heitere Berge und durch tieftraurige Täler, gefüllt mit Geschichten. Die großen und kleinen Abenteuer in unterschiedlichsten Universen bringen mich zum Lachen und Weinen.

Nach dem fünften Buch fällt es mir schwer, mich zu konzentrieren. In meinem Kopf verknoten sich all die vielen Eindrücke. Ich bin erschöpft, kann aber nicht aufhören. Also hole ich eine Schokoladentafel aus dem Rucksack zu Hilfe und wir machen weiter. Magnus erzählt und ich höre zu.

Als wir zwischen den Zeilen eines verwilderten New Yorks spazieren, kommt Renée. Sie legt ihren Beutel ab und setzt sich vor uns auf den Boden. Dabei scheint sie nicht im Geringsten überrascht zu sein, uns hier, umgeben von all den aufgeschlagenen Büchern, sitzen zu sehen. Ihre Brille mit kreisrunden Gläsern sitzt im raspelkurzen, grauen Haar.

»Guten Morgen, ihr beiden.« Ihre Hand greift nach einem schwungvolleren Buch. Sie trägt Ringe an jedem ihrer langen Finger.

»Habt ihr über dieses hier schon gesprochen? Das mochte ich wirklich gern. Dein Telefon klingelt übrigens, Jo«, sagt sie und zieht ihre Brille über die Stirn hinab auf ihre spitze Nase.

Tatsächlich, der Rucksack vibriert. Ich befreie mein Handy aus der vorderen Tasche: Acht verpasste Anrufe und eine Sprachnachricht, alle von Elvy. *Oh!*

Ich gehe in die Krimiabteilung und höre die Nachricht ab, empfangen vor knapp einer Stunde: »*Jo, what the fuck!? Warum hast du mich schlafen lassen? Wo bist du?*«

Ich wähle ihre Nummer. Noch vor dem ersten Klingeln hebt sie ab.

»Wo bist du???«, wettert sie und springt fast aus dem Telefon.

»Ich bin im Buchladen. Mir geht's gut«, versuche ich sie zu beruhigen.

»Bleib, wo du bist! Ich bin *sofort* da. Geh ja nicht ohne mich; *fuck ey.* Bis gleich.«

Vermutlich ist das ein guter Zeitpunkt, um mich wieder meinem echten Leben zuzuwenden. Ich kehre zurück in unser Leselager, wo sich Magnus gerade ein Stück Zartbitterschokolade abbricht. Er schiebt sich das kleine Viereck in den Mund und hält mir die fast leere Packung entgegen. Dankend lehne ich ab und klappe ein Buch nach dem anderen zu.

»Ich muss jetzt leider gehen«, sage ich schweren Herzens. »Vielen, vielen Dank, Magnus!«

Du hast mir ein Stück Leben gerettet.

»Immer wieder gern«, sagt er und hilft mir, zusammen mit Renée, die Bücher wieder zu einem Turm zu stapeln. Ich zähle sie, überschlage und hole das entsprechende Papier aus meinem Portemonnaie.

»Ich kaufe die Bücher«, sage ich mit einer Handbewegung Richtung Bücherberg, »und möchte, dass ihr sie verschenkt.« Beide schauen mich interessiert an.

»Gebt sie an Leute, bei denen sie sich gut aufgehoben anfühlen, ja?«

»Was für eine schöne Idee!«, freut sich Renée.

Ich drücke ihr das Geld in die beringte Hand und bleibe einen Moment lang vor ihr stehen, unfähig, mich zu bewegen. *Ihr werdet mir fehlen.*

Schließlich falle ich ihr um den Hals und drücke sie fest an mich. Sie riecht nach Sandelholz. Ihr Lachen schwingt in uns beiden. Anschließend umarme ich Magnus. Auf Zehenspitzen. In seinen Bärenarmen fühle ich mich ganz klein. Mein Herz knackt. Mich von ihm zu lösen, kostet viel Kraft, aber ich schaffe tatsächlich den Absprung.

»Danke für *alles!*«

»Hab noch einen schönen Tag, Jo!«, antwortet er.

Ich kann die Tränen kaum mehr zurückhalten und

schnappe mir eilig meine Sachen. Sartre liegt noch immer schlafend auf einem großen Buch mit dem Titel *Weniger schlecht kochen.*

»Macht's gut, ihr drei!«, verabschiede ich mich und lege beim Gehen einen zusätzlichen Schein neben die Kasse.

»Die nächste Runde Katzenfutter geht auf mich.«

24

Ich trete hinaus ins Freie. Über mir spannt sich der blassblaue Himmel, noch immer bedeckt von einem dünnen Wolkenschleier. Die Welt fühlt sich kühler an als vorhin. Das Bimmeln des Windspiels klimpert noch immer in meinen Ohren. *Scheiße*, ich vermisse es jetzt schon. Das Finden immer neuer Welten und das Verlieren der Realität. Wie beim Bücherlesen die Zeit stehen bleibt. Hier draußen spüre ich förmlich, wie der Moment wieder Fahrt aufnimmt. Eine große Welle Einsamkeit überschwemmt mich; trägt mich davon.

Mit Blick auf mein verschwommenes Handy frage ich mich, wann Elvy wohl hier sein wird, und sehe eine neue Nachricht von Mel:

Say whaaaat! Echt jetzt, du gibst mir dein Rad?? Wie geil ist das denn?!! Bist du dir sicher? Hast du ein neues? Hat dein Vater jetzt doch endlich sein Versprechen eingelöst? Ich freu mich jedenfalls voll, bin vermutlich nächste Woche wieder in der Stadt. Lass uns doch –

Ich bringe es nicht übers Herz weiterzulesen und schließe die App. Mein Fahrrad wird in den besten Händen sein.

Ich schlendere an den anderen Geschäften vorbei, die den Platz säumen, und nacheinander aufwachen.

Türen werden aufgeschlossen, Rollläden ratternd hochgefahren, ein Postkartenständer auf dem Gehweg platziert. Die ersten Spaziergänger sind unterwegs.

Eine schlanke Frau in einem dünnen grauen Mantel und einem Kaffeebecher in der Hand kommt mir entgegen. Neben ihr tänzelt ein leichtfüßiger Hund, wenn man das überhaupt noch Hund nennen kann. Er ist groß wie ein Pony. Sein welliges weißes Fell schwingt im Takt seiner wippenden Schritte, als er aufgeregt zu mir läuft. Euphorisch schnüffelt er mit seiner schmalen Schnauze an meinen Beinen herum.

»Na, du riechst bestimmt den Kater, was?«

Ich streichle durch seine flauschige, dichte Wolle. Er lächelt und hechelt mich an.

»Cusco, hierher!«, pfeift die Besitzerin den Ponyhund zurück.

Cusco dreht sich prompt zu ihr herum und tapst davon.

»Schuldigung!«, ruft sie zu mir herüber und hebt als versöhnliche Geste ihren Kaffeebecher.

»Ach, alles gut!«, rufe ich und schaue den beiden hinterher, bis sie um die Ecke spaziert sind. Dann bin ich wieder allein auf dem Platz. Jedenfalls fast allein. Eine Reisegruppe birnenförmiger Tauben läuft aufmerksam nickend am wasserlosen Brunnen vorbei. Als ich mich nähere, eilen sie mit ausreichend Sicherheitsabstand davon. Nie habe ich mir die Zeit genommen, die Skulpturen anzusehen. *Richtig* anzusehen.

Kurzerhand klettere ich ins hüfthohe Brunnenbecken. Meine Finger bewundern die erstarrten Gewänder, die sich fließend über die Figuren legen. Jede Stofffalte mitten in ihrer Bewegung angehalten. So zart und federleicht. *Wie kann ein Mensch so etwas Weiches aus Stein fertigen?*

Ich lehne mich an eine barbusige Frau, aus deren Krug normalerweise das Wasser plätschert, und warte.

Mein Handy sagt, es seien bereits zwölf Minuten verronnen. Ich warte und wage es nicht.

Dreizehn Minuten. *Also gut.*

Ich lege mir ein paar Sätze zusammen.

Vierzehn Minuten. Ich wage es.

Wähle den Namen meines Vaters aus der Kontaktliste aus und rufe an. Es klingelt.

Ein Mal.

Zwei Mal.

Ein drittes Mal.

»Hallo Hanni«, meldet sich seine fremd gewordene Stimme anstelle der mechanischen Mailbox-Ansage, die ich eigentlich erwartet hatte.

»Du, ich hab gerade gar keine Zeit«, erklärt er sofort. »Ich leite doch dieses *wichtige* Projekt. Ganz großes Budget. Du fragst dich bestimmt, warum ich schon so früh arbeite.« Ehe ich zu einer Antwort ansetzen kann, feuert er weiter.

»Ich leite ein internationales Team!«

Mich verschluckt eine bedeutungsschwangere Pause. *Erwartet er jetzt eine bestimmte Reaktion?* Als ich den Mund öffne, fährt er fort.

»Die sitzen auf der *ganzen* Welt verteilt. Kanada, Australien, Ungarn usw.«

Australien.

»Bei den meisten ist praktisch immer noch gestern, verstehst du?«

Er lacht. »Mit anderen Worten – ich muss immer *mindestens* drei Schritte voraus sein, sonst performt der ganze Verein nicht.«

In einer Atempause quetsche ich mich schnell zwischen seine Sätze.

»Ich wollte mich auch nur kurz melden, weil –«

»Hanni, wie gesagt, im Moment passt es wirklich ganz schlecht. Lass uns später sprechen! Ich hab eine Deadline«, sagt er und legt auf.

Es tutet drei Mal kurz in der Leitung, dann verstummt das Telefon in meiner Hand. Um mich herum schwirren die hektischen Worte meines Vaters und wissen nicht, wohin. Ich warte, bis auch das Letzte schließlich verflogen ist. Jetzt bin ich wieder allein. Bin es eigentlich schon lange, aber gerade erst merke ich, dass es okay ist. Schließe die Augen und spüre, wie sich eine intensive Ruhe in mir ausbreitet.

Dabei bin ich doch diejenige mit der Deadline.

25

Ein dunkles Auto saust um die Kurve und hält mit quietschenden Reifen an der Kreuzung. Elvy steigt aus und zerrt hinter sich einen riesengroßen Trekkingrucksack über die Rückbank des fremden Autos. Auf halbem Weg zum Buchladen entdeckt sie mich im Brunnen und stürmt mir entgegen. Ich stecke mein Handy ein und klettere aus dem Becken.

»*Allesokwiegehtesdirwowarstdu?*«, sprudelt es schrill hervor und sie umarmt mich heftig. »Ich dachte schon, dir sei was passiert.«

»Was soll mir denn schon groß passieren?«, witzle ich. Sie schaut mich traurig an. *Okay,* nicht *lustig.*

»Ich hab mir Sorgen gemacht, Jo!«

Ich lege den Arm um sie und wir schlendern zu meinem Fahrrad. Als ich das Fahrradschloss aufschließe, erinnert sich Elvy daran, wer sie ist, klatscht in die Hände und fragt voller Energie:

»Also, was willst du als Nächstes machen?«

»Ich wollte ein bisschen auf der anderen Seite entlang spazieren«, antworte ich und zeige hinüber zur Insel mit den vielen alten Gebäuden, die neben dem majestätischen Dom am Wasser ruhen.

»Exzellent!«, bekräftigt mich Elvy, die unter ihrem

Rucksack noch kleiner wirkt als sonst. Ich schiebe mein Fahrrad neben ihr her und gemeinsam gehen wir gemütlich über eine gebogene Brücke.

Auf der anderen Seite spielt ein einsamer Trompeter für ein kleines, zufälliges Publikum um etwas Taschengeld. Ich mache einen Schlenker und lege einen blauen Geldschein in seinen verschlissenen Instrumentenkoffer. Der Musiker zwinkert mir dankend zu. Wir laufen den Fluss entlang, während der Klang der Trompete uns ein Weilchen folgt.

»Vielleicht spielt er sein kleines Konzert nur für uns«, überlege ich laut.

Elvy lächelt mir zu. Sie ist ungewöhnlich schweigsam. Die Museen sind noch geschlossen und die Promenade ist, abgesehen von uns, menschenleer.

Wir erreichen einen meiner Lieblingsorte – einen langen Säulengang, der aussieht, als läge an dessen Ende ein Portal in eine andere Welt. Ein schwacher Wind schlängelt sich um die Säulen herum. Sie fühlen sich alt und porös unter meinen Fingern an. Mehrere Jahrhunderte haben sie bereits überdauert. Ich dahingegen werde nur ein kurzer Augenblick in der Zeit sein. Maximal ein Blinzeln.

Ich lehne das Rad gegen eine Säule. Elvy legt ihren Rucksack ab, setzt sich daneben auf den Boden und schaut Richtung Fluss. Sie wirkt nachdenklich, wie sie ungewohnt still an ihrem dünnen, schwarzen Nasenring herumfummelt. Ich setze mich zu ihr. *Vielleicht können wir hier auch die Jahrhunderte überdauern. Vielleicht liegt das Geheimnis darin, genau da zu bleiben, wo einen die Zeit nicht findet.*

Elvy zieht eine Schachtel aus ihrem Hoodie: *Rauchen fügt Ihnen und den Menschen in Ihrer Umgebung erheblichen Schaden zu.* Wir teilen unser Leid und eine Zigarette.

»Weißt du noch«, bricht Elvy nach dem ersten Zug ihr Schweigen, »als wir mit Enzo, Lilly und Simon bis zum Sonnenaufgang dort oben getanzt haben?« Ihre Zigarette zeigt auf die Stufen in der Ferne, die zur Alten Nationalgalerie führen. Die Erinnerung an diese Spätsommernacht blitzt schmerzhaft tief in mir auf. Ich begrabe sie, so schnell ich kann.

»Ich erinnere mich lieber nicht«, gebe ich zu, »das ist mir zu traurig.«

Elvys Lächeln verschwindet aus ihrem Gesicht.

Die ersten Ausflugsdampfer schleppen sich an uns vorbei, auf ihren Sonnendecks Touristen mit bunten Hüten. Manchmal winken einige von ihnen und ich winke den Miniaturmenschen zurück.

Noch ein Mal verreisen ...

Ich suche mein Handy und schreibe eine Nachricht:

Mach die Weltreise, Simon. Jetzt!

Als ich das Telefon wieder einstecke, reicht Elvy mir die Zigarette. Ich nehme sie und betrachte, wie der Rauch vom Wind davongetragen wird.

»Tut mir leid, dass ich nie nach deiner Krankheit gefragt habe«, sagt Elvy, ohne mich anzusehen. »Ich dachte, wenn du nicht darüber sprichst, wird schon alles gut sein. Das war dumm von mir. Und egoistisch. Ich bin ne kack Freundin!«

»Bist du nicht!«, protestiere ich. »Hätte doch auch nichts geändert.«

Wieder fallen wir ins Schweigen.

»Was denkst du gerade?« Diesmal sieht sie mich fragend an.

Der Tabak ist stark und liegt dick auf meiner Zunge, aber meine Hand genießt die Beschäftigung. Ein dumpfer Ton in meinem Ohr drückt meine Gedanken eine Oktave tiefer.

»Nie wieder Sonnenbrand«, antworte ich und nehme einen tiefen Zug. Meine Lunge flattert und ich muss husten. »Und nie wieder Bauchkribbeln, wenn das Flugzeug startet«, presse ich hervor. Ich schaue in Elvys eisblaue Augen.

»Ich denke an die Dinge, die ich nie wieder erleben werde«, erkläre ich und gebe ihr die Zigarette. »Nie wieder Glühwein.«

»Das ist vielleicht auch besser so«, sagt sie und stupst mir mit dem Ellenbogen in die Seite.

»Nie wieder Schokoladenweihnachtsmänner ab September«, setze ich fort.

»Nie wieder zwei Monate lang den Ohrwurm von *Last Christmas!*«, erwidert Elvy mit erhobenem Zeigefinger. Sie ist unerschütterlich.

Ich schaue hinüber zu den unzähligen Stufen und sage leise: »Nie wieder tanzen unterm Sternenhimmel. Nie wieder Sommer. Nie wieder helle Vollmondnächte.«

Für immer Finsternis.

Elvy raucht und schweigt.

»Nie wieder glücklich schwankende Bürgersteige nach langen Gesprächen. Nie wieder das Klirren zuprostender Weingläser. Keine Regenbögen mehr und keine ersten Küsse. Nie wieder in jemandes Armen aufwachen und sich zu Hause fühlen. Nie wieder Schwalben am lila Abendhimmel.« Eine kiloschwere Träne rollt mir langsam übers Gesicht. Offenbar bin ich doch noch nicht leer geweint. »Nie wieder Sternschnuppen.«

Dabei bräuchte ich nur noch eine. *Eine einzige für einen Wunsch.*

Ich wische mir die Augen trocken. Elvy robbt zu mir und schließt den letzten Millimeter zwischen uns. Ihre Augen schwimmen und gemeinsam schauen wir ins Nichts. Stunden vergehen, da bin ich mir sicher.

»Weißt du, was das Gute daran ist?« Elvy zieht mich mit ihrer Frage aus den Tiefen meiner Gedanken. »An all dem Abschiedsschmerz?«

Meine erschöpften Augen suchen nach ihren. Mein fragender Blick bleibt an ihren Lippen hängen.

»Du empfindest diesen Schmerz nur, weil du das Glück hattest, all diese Dinge bereits erlebt zu haben. Du vermisst deine Erinnerungen.« Elvys Haare wirbeln im Wind. »Ich glaube, in Wirklichkeit bist du also weniger traurig, sondern vielmehr dankbar für all die Erinnerungen, die es zu vermissen gilt. Verstehst du?«

Verdammt, Elvy!

Ich nicke nachdenklich, während die Zigarette in meiner Hand erlischt.

26

Vom vielen Vermissen und Rauchen ist mir furchtbar schlecht. Ich lehne meinen Hinterkopf an die Säule und versuche, die Übelkeit wegzuatmen.

»Ist alles okay?«, fragt Elvy.

Langsam drehe ich meinen Kopf zu ihr und lächle müde.

»Ich weiß langsam wirklich nicht mehr, was ich darauf noch antworten soll.«

»Schöne Scheiße!«, fasst Elvy zusammen und drückt fest meine Hand.

Ein heller, immer lauter werdender Ton in meinen Ohren zwingt mich wenig später zum Aufstehen. Wir schultern die Rucksäcke und schieben uns und mein Rad aus dem Säulengang zurück auf die Promenade. In den Bäumen piepsen klitzekleine Vögel und verbreiten die Zuversicht eines nahenden Frühlings.

Ich beobachte, wohin meine Füße mich tragen. Ohne Ziel folge ich nur meiner Intuition. Und Elvy folgt mir. Als wir eine breite Fußgängerbrücke überqueren, fällt mein Blick auf ein Graffiti an der Balustrade: *#nofuture*. Hastig geschrieben in Neongrün.

»Meinst du, das ist die morbide Art des Universums,

mich zu verabschieden?«

»Das da? Also das steht da mindestens schon ein halbes Jahr!«, winkt Elvy ab. »Wohin willst du jetzt?«

Meine Augen kleben noch immer am giftgrünen Schriftzug.

Sie stupst mich erwartungsvoll an. Zwischen den Steinsäulen der Balustrade glitzert das Wasser der Spree. Der Himmel treibt darauf, verteilt sein Blau auf Millionen kleiner Wellen. Ein Gedanke schmiegt sich in mein Gehirn.

»Vielleicht ...« Ich gehe einen Schritt nach vorn, lehne das Fahrrad an und lege die Hände auf die raue Steinbrüstung. Unter uns badet eine Ente friedlich ihr Gefieder.

»Vielleicht was?«

»Vielleicht ... nach unten ...«

Elvys linke Augenbraue schnellt bis zum Haaransatz. Sie schaut abwechselnd zwischen dem Fluss und mir hin und her.

»Unten im Sinne von da rein?« Sie zeigt aufs verlockende Wasser. Ich zucke mit den Schultern.

»Fuck *ja!*« Sie lässt ihren Rucksack fallen, stellt sich direkt neben mich und schaut nach unten. Ihr offener Mund grinst. *Oh, oh.*

Ich rudere zurück: »War nur so eine Idee. Keine Ahnung woher. Schnapsidee!«

»Schnapsideen sind die *besten* Ideen!!!«, ruft Elvy und wirft mit erhobenen Armen drei Ausrufezeichen hinterher. »Ich finde, es ist eine *großartige* Idee! *Fuck it –* es muss doch nicht immer alles Sinn ergeben im Leben, Jo.«

Sie greift liebevoll meine Schultern und schüttelt mich. Ich schüttle den Kopf in die Gegenrichtung.

»Tu es! Mach was Verrücktes, *live your life, Baby!*«

»Und dann?«, versuche ich zu entkommen. »Bin ich nass und kalt und stinke nach Fluss und ...«

»Fühlst dich lebendig!!«

Schachmatt.

Wir schauen wieder in die Wellen. Ich lasse den Rucksack neben meine Füße sinken.

»Dir ist klar, dass du auch springen musst, richtig?!«

Elvy kramt in ihrem Rucksack und nickt euphorisch. Kurz darauf hält sie die Flasche Wodka triumphierend in die Höhe. Sie ist leerer als letzte Nacht.

»Auf die Schnapsidee!«, prostet Elvy, nimmt einen großen Schluck und drückt mir den Wodka in die Hand. Während sie sich bis auf die Unterwäsche auszieht, umklammern meine verzweifelten Finger die Flasche. *Ich muss das nicht machen ...*

Ich kippe den Kopf in den Nacken. Die klare Flüssigkeit ist heiß und entzündet meine Speiseröhre. Ich brenne.

Fuck it!

Mein Pullover fällt als Erstes auf die Pflastersteine. Elvy packt ein großes Handtuch aus und stopft ihre Klamotten in den Rucksack. Sie hievt ihn schützend vor mein Fahrrad. Ich lege den Pullover, das Kleid und die Strumpfhose in den Fahrradkorb. Die Turnschuhe stelle ich samt Ananassocken neben meinen Rucksack.

»Wenn uns jetzt jemand die Sachen klaut ...«

»Kaufen wir uns neue.«

Elvy schwingt jauchzend ein Bein über die breite Brüstung. Ich imitiere mechanisch ihre Bewegungen. Dann stehen wir plötzlich auf der falschen Seite der Balustrade. Nur unsere Hände halten sich noch am Steingeländer fest und uns zurück. Von hier sieht alles deutlich höher aus. *Das ist doch verrückt!*

Meine Zehen ragen über den äußersten Rand der Brücke hinaus. Das Wasser bewegt sich wie ein breites Laufband stetig unter ihr hindurch. Der Fluss und ich haben Gänsehaut. *Das überleben wir doch nicht ...*

»Aber die Schiffe ...«

»Ich gucke und geb ein Zeichen!«, entgegnet Elvy und schaut nach hinten über ihre Schulter. »Warte ...«

Ein kleines Boot zerwühlt das fließende Blau und hinterlässt einen Strudel. Wie hypnotisiert starre ich auf die Stelle tief unter meinen Füßen, an der sich das Wasser mit weißen Adern verwirbelt.

Moment!

»*Halt!* Wie kommen wir wieder hinaus?«

»Da hinten ist eine Leiter, siehst du? Mach deine Gedanken aus, Jo!«

Elvy lächelt mich entwaffnend an. Ein Windhauch trägt die Melodie des Straßenmusikers bis zu uns. Der Klang seiner Trompete schwingt zwischen den Gebäuden hin und her wie ein Echo in den Bergen.

»Jeeeeetzt!!«

27

Elvy heftet ihre großen Augen an meine; ihre Pupillen leuchten bunt wie Nordlichter. Dann senkt sie den
Blick zum Wasser – und springt. Ihr Freudenschrei
mischt sich mit der Melodie der Trompete. Der warme
Wind gibt mir einen sanften Schubs.

Trau dich!

Ich schließe die Augen und mache einen großen
Schritt nach vorn ins Nichts. Verliere jeglichen Halt.

Ich schwebe.

Meine Haare begrüßen den Wind. Meine Arme entfalten sich wie Flügel.

Ich falle. Vielleicht fliege ich auch.

In mir herrscht euphorisches Chaos. Hirn, Herz,
Magen – alles spielt verrückt. Wildes Klopfen, Trommeln, Rasseln, Klimpern. Mein Organ-Orchester zele-
briert ein Crescendo. Klangvoll stürze ich hinab durch
den peitschend warmen Wind, der mich vergeblich auf-
zufangen versucht. Ein Sekundenkonzert.

Als ich blitzschnell durch die Wasseroberfläche
ins dunkle Grau gleite, wird es schlagartig still. Mein
Körper von außen und innen geflutet. Das eiskalte
Wasser schnürt sich fest um mich. Die Luft in meinen
Lungen gefriert. Mein Kopf ist leer; nicht mal meinen

Herzschlag spüre ich. Die Ohren erfüllt mit dem grollenden Blubbern des aufgeweckten Wassers. Ich bin eingetaucht in einen luftleeren Raum, bin schwerelos. Meine Beine leuchten bleich in der Finsternis unter mir. Abertausende Bläschen schlängeln sich an mir vorbei nach oben. Ich schwebe im Universum zwischen all diesen kleinen hellen Planeten und verspüre tiefe innere Ruhe.

In der Ferne gleitet ein gelber Schimmer durch die Dunkelheit. Nähert sich mir im Zickzackkurs. Die trüben Umrisse werden immer klarer – ein schmales Gesicht mit runden, glänzenden Augen. Zwei semitransparente Flossen. Mit schnellen Bewegungen schwimmt ein handtellergroßer Zitronen-Doktorfisch zu mir heran. Einen kurzen Moment schwebt er vor mir und wir schauen uns an. Zwei Unterwasser-Astronauten in einer entfernten Galaxie. Dann zischt er an mir vorbei, zurück in die unendliche Nacht des Wassers. Verschwindet wieder in der monochromen Dunkelheit.

In meinem Bauch wirft Brausepulver große Blasen und treibt mich hinauf zur Wasseroberfläche. Japsend tauche ich auf, um mich herum die wilde See. Meine Lunge schreit nach Luft. Elvy jubelt ein paar Meter neben mir. Jede Körperzelle kribbelt.

Ich fühle mich *großartig!*

Lebendig!

Elvy hatte recht. Eine gigantische Welle Endorphine trägt mich zu ihr.

»Das war unglaublich!«, kreischt sie begeistert.

Ich lache und huste im Wechsel. Plötzlich dröhnt ein ohrenbetäubendes Schiffshorn und scheucht einen Krähenschwarm aus einem knorrigen Baum am Ufer. Auf der anderen Seite der Brücke nähert sich ein Ausflugsdampfer.

»Seid ihr lebensmüde?«, hallt eine aufgebrachte Männerstimme blechern aus dem Lautsprecher. Das Oberdeck ist übersät mit aufgeregten Touristen, die eifrig Fotos von uns knipsen. Elvy und ich schauen uns erschrocken an. Dann lachen wir wieder und schwimmen gemeinsam Richtung Ufer. Meine Rippen schmerzen bei jedem Schwimmstoß, aber es ist mir egal.

Die Sprossen der gelben Leiter ragen tief ins dunkle Wasser. Ich ziehe mich hinter Elvy an den Metallstangen aus den Wellen, zitternd vor Glück. Klitschnass. Jedes Mal, wenn sich unsere Blicke treffen, müssen wir laut lachen. Unsere Zähne schlottern vor Freude.

»Danke!«

»Wofür?«, frage ich.

»Für diese Erinnerung.«

Ich lege meinen Arm um Elvys Schulter. Ihre Haut ist eiskalt. Zusammen schweben wir wenige Zentimeter über dem Boden. Hinterlassen unser Abenteuer in kleinen Pfützen auf der Promenade. Unser Lachen erfüllt den ganzen Himmel. Ich schaue hinauf und sehe auf einer zarten Federwolke mein Herz sitzen.

28

Zurück auf der Brücke wirft Elvy das große Handtuch um unsere Schultern. Ich höre unsere Herzen um die Wette klopfen. Meine Beine sind kalt und ungeduldig, ich hüpfe.

»Halt mal still!« Elvy schlüpft aus unserem Handtuchzelt und kriecht in ihren Rucksack. Mit dem Handy in der Hand kommt sie wieder daraus hervor.

»Und jetzt sag Spreeee!«

Sie macht ein schiefes Selfie, unser Grinsen passt kaum aufs Bild.

Hastig und kichernd steigen wir in unsere Klamotten. Selbst als ich alle Sachen umständlich über meine kalte Haut an die richtigen Stellen gezerrt habe, friere ich. Aus meinen Haaren rinnt noch immer kühles Wasser. Elvy reicht mir ihren dunkeldunkelgrünen Hoodie. Ich glaube, es ist das hellste Kleidungsstück, das sie besitzt.

»Hier – nimm den, mir ist nicht mehr kalt«, sagt sie.

Ich ziehe ihren Hoodie über meinen Pullover, bis ich mich wie ein zu dick ausgestopfter Teddybär fühle. Die Sonne schmilzt durch den dünnen Wolkenschleier und die Straße hinter der Brücke beginnt zu leuchten.

»Komm!«, sage ich und hole mein Fahrrad.

Hibbelig laufen wir in die Sonne auf einen breiten Mittelstreifen, wo zahlreiche Krokusse hellviolett zwischen graugrünem Gras strahlen. Ein kleiner Garten mitten im Asphalt.

Wir lassen uns auf dem sonnenbeschienenen Fleckchen zwischen den Fahrbahnen nieder. Ich lege das Rad ins Gras und den Rucksack vorsichtig neben die zarten Blümchen. Während Elvy auf ihr Smartphone schaut, schließe ich die Augen und genieße die Sonne. Langsam zieht die Wärme wieder in mir ein. Ich spüre auf meiner Haut, wie sich die Wolken auflösen.

»Was ist eigentlich mit deiner Spätschicht?«, fällt mir ein.

»Was soll damit sein? Ich bin krank heute, sieht man doch«, antwortet Elvys Grübchen.

»Und deine Verabredungen?«

»Ach, die merken schon, wenn ich nicht komme. Hast du Durst?«, fragt sie, ohne vom Handydisplay aufzublicken. Ich schüttle den Kopf, lege mich auf den Bauch und schaue die Straße hinab.

Eine Reisegruppe läuft zum Museum. Leute unterhalten sich, rauchen, telefonieren. Ein Auto hupt einen Fahrradfahrer an. Ein winziger Hund erleichtert sich auf dem Bürgersteig und das Herrchen kraucht mit einer Plastiktüte hinterher. Um uns herum spielt sich das übliche Leben ab. Alles wie immer. Ein Schauspiel. Eine

Stadt voller Statisten, dabei ist jeder die Hauptperson seiner eigenen Aufführung. Die Krokusse in der ersten Reihe wiegen sich im Wind. Es duftet nach Frühling.

Plopp – ein Korken fällt neben mir ins Gras. Elvy präsentiert stolz eine Flasche Sekt und zwei Pappbecher. Sie schenkt uns jeweils einen Schluck ein und ich setze mich auf.

»Cheers!«

»Cheers!«

Während wir feierlich anstoßen, hält neben uns ein Fahrrad an. Die pink gekleidete Fahrerin steigt ab und nimmt ihr quadratisches Gepäckstück vom Rücken.

»Habt *ihr* Pizza bestellt?«

Ich schüttle verdutzt den Kopf, Elvy nickt hingegen eifrig.

»Wow, das ging aber schnell!«, ruft sie und kramt ein paar Münzen aus ihrem Portemonnaie.

»Für dich.« Mit einem Augenzwinkern tauscht sie das Kleingeld gegen die drei Pizzakartons. Sie schaut der Pizzabotin ein paar Sekunden lang hinterher, bevor sie sich wieder mir zuwendet.

»Hier – ich wusste nicht, was du willst ...« Elvy präsentiert mir den ersten Karton, der ein Wagenrad von einer Pizza voller Käse und Pilzen beinhaltet. Der Zweite enthält *Quattro Stagioni*.

»Oder falls du heute doch mal Lust auf Fleisch hast?«

Sie hält mir Pizza Nummer drei unter die Nase – Salami. Ich muss lachen und gebe ihr einen Kuss auf die Wange.

»Danke!«

Ich habe nicht den geringsten Hunger, aber ich weiß, dass ich dringend etwas essen sollte. Die vor Käse triefende Pizza riecht umwerfend. Sie schmeckt nach Honigtoast mit Oliven.

Kurz nachdem ich mein Stück gegessen habe, hält ein kleines Auto am Straßenrand neben uns. Ein dünner Mann mit einer schwarzen, viereckigen Tasche steigt aus und kommt auf uns zu.

»Your Sushi, yes?«

»Ja ja, genau richtig hier! Thanks.« Elvy nimmt einen Turm Plastikboxen entgegen. Wieder muss ich lachen.

»Ich sagte doch – ich wusste nicht, wonach dir ist.«

Schulterzuckend pult sie an einem Plastiktütchen Sojasoße. Ich trenne zwei Essstäbchen aus billigem Holz auseinander und spieße ein Stück Sushi auf. Das Avocado Maki spüle ich mit einem großen Schluck Sekt hinunter. Elvy schenkt mir die letzten Tropfen der Flasche ein, während ich ihre Sommersprossen zähle. 37.

Ein Opa überquert die Straße, schaut missbilligend zu uns hinüber und schimpft etwas Unverständliches. Elvy prostet ihm freundlich zu.

Ein weiterer Lieferant erscheint aus dem Nichts und

bringt uns Burger und Pommes. Mein Magen rebelliert und ich lege mich wieder ins Gras. Schaue in den Himmel und spüre den Sonnenuntergang in mir. Elvy legt sich stöhnend neben mich und reibt sich den Bauch. Das Meer über unseren Köpfen ist blau und weit.

Nach einer Weile sagt sie: »Weißt du, ich bewundere dich, Jo.« Ihre Augen schimmern zwischen den Grashalmen zu mir herüber. »Wenn ich du wäre ... An deiner Stelle würde ich blanke Panik schieben. Wäre vermutlich jetzt schon komplett betrunken oder von einer höheren Brücke gesprungen. You know ... Einer *ohne* Wasser drunter.« Sie versenkt ihren Blick wieder im nun fast wolkenlosen Himmel.

»Ich weiß wirklich nicht, wie du hier so ruhig neben mir liegen kannst, ohne komplett auszurasten. Und das bewundere ich an dir.«

Das ist vermutlich das merkwürdigste Kompliment, das ich jemals bekommen habe.

»Also, ich an meiner Stelle hangle mich gerade einfach von Moment zu Moment«, gebe ich zu. »Ich glaube, zu wissen, dass heute der letzte Tag meines Lebens ist, ist das größte Geschenk, das ich jemals bekommen habe.«

Ich spüre Elvys Blick wieder auf mir. »Wie viele Menschen sterben ohne Vorwarnung von heute auf morgen? Wissen nicht, dass sie gerade das letzte Mal ihre

Liebsten gesehen haben. Dass der Abschied am Telefon, dass diese letzten unbedachten Worte *tatsächlich* ihre letzten Worte waren. Dass sie nicht mehr die Chance haben, morgen alles anders zu machen, oder das zu tun, wovon sie schon immer träumten, sich dafür aber nie die Zeit genommen haben?« Ich drehe meinen Kopf zur Seite und schaue Elvy an. »Ich weiß, du denkst, ich habe all das nicht gemacht – nichts Spektakuläres, Weltbewegendes, *Verrücktes* ... Von unserem kleinen Tauchgang mal abgesehen.«

Sie lächelt, mein Herz lächelt zurück.

»Aber ich fühle mich heute so frei wie lange nicht mehr. Vielleicht sogar so frei wie noch nie in meinem Leben. Und weißt du, wieso? Weil ich mich selbst befreit habe! Weil ich mittlerweile verstanden habe, dass ich nichts machen muss. Schon gar nicht in meinen letzten Stunden. Vermutlich habe ich in meinem ganzen Leben nie etwas gemusst ... Was ich aber jetzt noch machen *kann*, ist auf mein Herz hören. Ich kann zuhören und herausfinden, was mich genau jetzt glücklich macht. Mich treiben lassen im Heute.

Genau genommen unterscheidet sich mein Schicksal gar nicht wirklich von dem aller anderen Menschen auf dieser Welt. Es gibt kein Morgen. Für mich nicht und vielleicht auch für dich nicht. Uns unterscheidet nur, dass ich mit Sicherheit weiß, dass mein Heute alles ist, was ich noch habe. Was wir also tun sollten, wir alle, ist uns vom ständigen Glauben an morgen zu verabschieden. Vom Grübeln und vom Kaputt-Denken und Planen und Streben. Stattdessen sollten wir einfach im Moment leben. Schließlich ist das alles, was wir haben.«

Ich beobachte einen Wolkenfetzen, der an der Sonne vorbeizieht und sich langsam ins Nichts auflöst.

»Amen«, flüstert Elvy.

Unsere Finger schlingen sich ineinander. Ich fühle in die Tiefe unserer Freundschaft hinein. Wir haben alles, was wir gerade brauchen. Es könnte uns nicht besser gehen, auf unserer kleinen gemeinsamen Insel.

29

Ich weiß nicht, wie lange wir hier schon liegen. Die leere Sektflasche neben uns im Gras. Den Blick Richtung Freiheit. Aber die Sonne tritt bereits ihren Weg zum Horizont an und meine Lunge rasselt bei jedem Atemzug. Ich glaube, Elvy hört es auch, denn sie dreht ihren Kopf zu mir und schiebt ihren besorgten Blick in meinen Augenwinkel.

»Du siehst blass aus.«

»Mir ist nur etwas schlecht vom Sekt«, relativiere ich. Dabei hat Elvy deutlich mehr zur Leerung der Flasche beigetragen als ich.

»Na schön. Sollen wir dann weiter?«, fragt sie und setzt sich auf. Ich fummle wortlos am trockenen Gras, während Elvy den Stapel an Verpackungen und Essensresten zusammenräumt. Schließlich richte auch ich mich konzentriert auf. Mein Gehirn schwankt im Kopf hin und her.

»Soll ich vielleicht doch irgendwen anrufen? Wir könnten zu meinem Bruder aufs Dach oder so?«, bietet sie an.

»Ich will keinen Tag voller Abschiede.«, erwidere ich. »Unserer reicht mir.«

Elvy räumt wahllos Dinge von rechts nach links.

Offenbar bemüht, mich dabei nicht anzusehen.

Ich atme tief ein – in mir knistert es. Inzwischen habe ich diesen einen Satz lange genug in meinem Mund hin und her geschoben. Die Worte sind rund gelutscht und ich bin bereit, sie endlich loszulassen.

»Ich glaube, ich muss raus hier. Raus aus der Stadt.« *Irgendwohin, wo ich besser atmen kann.*

»Ich kann uns ein Auto rufen«, steigt Elvy mit ein und zückt ihr Smartphone. Als ich nicht reagiere, schaut sie mich an. *Los, jetzt!*

»Ich muss den Rest alleine gehen, Elvy. Das habe ich schon vor einiger Zeit beschlossen.«

Ihr entgleisen alle Gesichtszüge, ihr offener Mund zuckt tonlos, ihre Sommersprossen zittern leicht. Hilflos deutet sie auf ihren prallen Rucksack voller Pläne und Möglichkeiten. *Ich will gar nicht wissen, was da noch alles drin ist.*

Ich fange ihre wedelnde Hand ein und lasse sie in meinen Händen zur Ruhe kommen.

»Rufst du bitte deinen Bruder an, damit er dich abholt?«

Elvy lässt einen lauten Atemzug aus ihrem Mund.

»Aber ich dachte, wir ...«, protestiert sie halblaut.

Mein Bauchgeflüster wird immer lauter. Ich presse die Lippen aufeinander und schüttle den Kopf. Ihre hellen Augen ertrinken.

Sie sinkt in meine Arme und presst alle Luft aus meiner Lunge. *So wird es sich also anfühlen,* denke ich in dem kurzen Moment, in dem mir die Luft wegbleibt. Meine Rippen knacken. Sie weint leise in meine Schulter. Wir umarmen uns unendlich lange. Autos rauschen rechts und links an uns vorbei.

Lebwohl Elvy! Du mit deiner Brausepulver-Seele, immer voller Tatendrang. Das liebenswerte Chaos in Person. Du wirst für mich die Welt erobern.

Zum Glück drückt Elvy mich so fest, dass ich nicht auseinanderfalle.

Schließlich löse ich mich langsam aus uns beiden heraus und wische ihr mit dem Pulloverärmel die heißen Tränen von den Wangen.

»Tut mir leid, dass du dir eine neue Mitbewohnerin suchen musst.«

»Ach, halt die Klappe!«, heult Elvy. »Scheiße, Mann! Was mache ich bloß ohne dich?«

»Vielleicht auch mal den Müll wegbringen?«

Sie lacht, ein bisschen zu laut. Die Anspannung weicht aus ihren Mundwinkeln. Ich spüre den Tsunami kommen und reiße mich los. So schnell ich kann, setze ich meinen Rucksack auf, hieve das Fahrrad wieder in die Senkrechte und steige auf. *Schnell, bring' mich von hier weg; rette mich!*

Ohne mich noch mal umzudrehen, trete ich heftig

in die Pedale. Spüre Elvys Blick auf meinem Rücken.

Mach's gut, Elvy. Und grüß' Herbert von mir!

»Und vergiss nicht, meine Pflanzen zu gießen!«, rufe ich über die Schulter zurück zu ihr, bevor der Fahrtwind meine ersten Tränen in die Haare weht.

30

Ich strample gegen den Abschiedsschmerz. Weiß gar nicht, wohin ich eigentlich unterwegs bin. Hauptsache erst mal weg. Weg von Elvy und unserem alten Leben. Weg von den Erinnerungen und verpassten Möglichkeiten. *Habe ich nicht eben noch gepredigt, nur auf sein Herz zu hören? Wo soll es denn jetzt hingehen? Ich höre ...*

Nach ein paar Minuten habe ich die akute Traurigkeit hinter mir gelassen. Abgehängt. Ich bin so lange ziellos durch die Gegend gefahren, bis ich angefangen habe, die Stadt wieder wahrzunehmen.

Es sind viele Leute unterwegs und genießen die globale Erderwärmung. Die Bürgersteige und Straßen sind voll, vor und hinter mir fahren hunderte Radfahrer. Ich reihe mich ein und frage mich, ob die anderen auch nicht wissen, wo sie hinfahren sollen. Die Autos rauschen unaufhörlich knapp an uns vorbei. An einer Ampel komme ich zum Stehen und schnappe nach Luft. Es stinkt nach Abgasen. Ich spüre förmlich, wie sich in meiner Lunge bei jedem Atemzug mehr und mehr dunkle Partikel festsetzen. Aus einem tiefergelegten Auto ballert laute Musik, und ein behaarter Arm mit einer kurzen Zigarette hängt aus dem offenen

Fenster. Beim Gedanken ans Rauchen wird mir sofort wieder übel. Der Zigarettenstummel landet vor mir auf der Fahrradspur und das Auto sprintet mit aggressivem Grollen davon.

»Ey, fahr mal da vorne! Ich hab' hier nicht den ganzen Tag Zeit!«, ruft eine ungeduldige Stimme hinter mir. Mein Fahrrad und ich nehmen langsam unsere Fahrt wieder auf und werden mitten auf der Kreuzung kopfschüttelnd überholt. Selbst bei so schönem Wetter ist die schlechte Laune unterwegs. Da kann die Sonne sich anstrengen, wie sie will.

Der Blechbrei strömt durch die dreckigen Häuserschluchten. Aneinandergepresste Autos und Radfahrer hupen und klingeln für etwas mehr Raum. Der tägliche Kampf einer Großstadt. Mir aber fehlt inzwischen die Kraft zum Kämpfen. Ich will keine Auseinandersetzungen mehr. Keinen Stress und keine wütenden Gesten.

Die Luft flimmert. Mir ist heiß. Ich will nur noch Ruhe. Zu allem Überfluss schlägt mein Herz energisch gegen mich.

Jetzt fang du nicht auch noch an. Ich kann ja auch nichts dafür, dass uns mein Kopf im Stich lassen wird! Beruhig dich mal – schließlich haben wir schon so vieles gemeinsam überstanden. Du und ich, wir müssen jetzt noch ein bisschen stark und mutig sein. Okay?

Unentwegt pocht es angestrengt weiter, ohne meine Gedanken zu beachten.

Die Häuserwände kommen näher und legen ihre dunklen Schatten auf mir ab. Ich kann diese Enge nicht mehr ertragen. Die abgenutzten Fassaden. Hunderte kleine Gucklöcher in Klötzen aus Beton. Überall Beton, Scherben und Hundescheiße. *Ich muss hier raus!*

An der nächsten Kreuzung biege ich in eine Seitenstraße und fahre entlang älterer Häuser. Verschlissene Steine, die sich übereinander türmen, zugespachtelt und viel zu teuer vermietet. Wir halten an einem einsamen, zwischen Gehwegplatten eingesperrten Baum. *Wo bin ich überhaupt?*

Ich lehne das Rad gegen den Baum, um ihm und meinen Beinen eine kurze Pause zu gönnen. Der Boden unter meinen Füßen schwankt etwas. Ich hole die Mate-Flasche aus dem Rucksack und frage mich, ob das Zeug schon immer so scheußlich geschmeckt hat, oder ob es an mir liegt.

Ein Blick aufs Handy verrät mir, dass wir uns auf direktem Weg zum Stadtrand befinden. Meine Nase hat mich also schon mal in die richtige Richtung geführt. Ich studiere die Karte und mit einer neuen Route im Kopf öffne ich eine ungelesene Nachricht. Elvy schickte mir unser Brücken-Selfie und ein schwarzes Herz-Emoji. Das Adrenalin in meinem Körper erinnert sich leicht sprudelnd an diesen Moment.

Eine glockenhelle Stimme lässt mich vom Handy aufblicken. Ein rotgelocktes Mädchen läuft singend mit kleinen weißen Kopfhörern in den Ohren auf der anderen Straßenseite entlang. Eigentlich tänzelt sie vielmehr. Ich schaue ihr nach, bis sie in einem Hauseingang verschwunden und ihr Gesang verklungen ist. *Gute Idee.*

Ich angle meine Kopfhörer vom Boden des Rucksacks. Dann ziehe ich Elvys Pulli aus, stopfe ihn in den Fahrradkorb und bette die Mateflasche hinein. Zum Schluss suche ich nach einer passenden Playlist und finde: *Endless Summer. Vielversprechend.*

Ich drücke mit dem Daumen auf das kleine Dreieck auf meinem Display und schon umgibt mich ein Schutzschild aus Musik. *Dass ich darauf nicht früher gekommen bin!*

Die Welt sieht auf einmal ganz anders aus. Flüssiger, ruhiger und *schöner.* Nach einem erneuten Blick auf die digitale Karte setze ich mich wieder aufs Rad, bereit zur Weiterfahrt.

Diesmal reisen wir fernab großer Straßen. Die Ampeln haben mich lange genug aufgehalten. Den lärmenden Verkehr brauche ich nicht mehr.

Die Häuser werden immer kleiner und die Straßen schmaler. Wir erfahren eine andere Seite der Stadt, die mir gerade viel besser gefällt. Viel zu selten war ich hier, in den Randbezirken, vor deren Langeweile ich mich immer ferngehalten habe. Doch jetzt verstehe ich den Charme dieses entrückten Lebensraumes. Der stillen Straßen, in denen statt zahlloser Autos nur streunende Katzen umherpilgern. Mein Rad und ich fahren gemächlich auf der Mitte der Fahrbahn. Es gibt nur eine Spur für beide Richtungen und Trampelpfade anstelle von Bürgersteigen. Ich überhole eine Oma mit lila Haaren, die in Zeitlupengeschwindigkeit einen kleinen Fellball Gassi führt.

Die Nachmittagssonne scheint mir entgegen. Schon hier fällt mir das Atmen deutlich leichter. Allein der Gedanke an die nahende Natur schenkt mir neue Kraft. Passend dazu wechselt die Musik in meinen Ohren zu einem tanzreifen Song.

Ich trete im Takt der Musik in die Pedale. Die Melodie vibriert durch meine Venen und mein Herz pumpt sprudelndes Blut im passenden Rhythmus. Meine Organe tanzen.

»Breathing underwaaaater, isn't hard I trieeeed« brüllt meine Lunge in den warmen Himmel. Ich fühle mich unbesiegbar.

Den Transporter bemerke ich erst beim Aufprall.

31

Splittergeräusche. Krachendes Metall.

Ein schriller Blitz. Meteoriteneinschlag in Zeitlupe. Der Augenblick platzt. Die Musik in meinen Ohren erstickt. Die Welt kippt um. Unter mir kollabiert der Himmel.

Nein!

Mein Herz stoppt.

Nicht so!

Der Boden reißt mich an sich. Ich schlage hart auf dem Asphalt auf.

Bitte ...

Stein schürft sich durch meine Haut. Der Tinnitus zerrt an meinem Trommelfell.

Bitte ...

Mein Fahrrad schlittert deformiert an mir vorbei. *Tut mir leid, Mel.*

Ein scharfer Schmerz reißt in mein linkes Bein. Ich erstarre, bleibe regungslos liegen.

Es regnet glitzernde Mateflaschensplitter. Klirrend fallen die gläsernen Kristalle zu Boden.

Meine Gedanken frieren ein, mein Körper verstummt. Die Schläfe gegen den harten Boden gepresst, starre ich ins verschwommene Grau.

Regungslos.

Mit aller Kraft ziehe ich einen vorsichtigen Atemzug über meine spröden Lippen. Dann setzt mein Herzschlag wieder ein. Ruhig. Gleichmäßig. Kräftig.

Mein kleiner Finger zuckt.

Meine Augen erinnern sich daran, zu blinzeln. Sandkörner schaben über meine Pupille. Große halbtransparente, dunkle Flecken.

An ihnen vorbei sehe ich meine Hand näher kommen. Sie fährt aufmerksam über meine Stirn und den Rücken meiner Nase. Ertastet ein Lächeln.

Ich lebe!

Ruckartig und viel zu schnell setze ich mich auf.

Meine Zunge ist wund und stößt gegen einen scharfkantigen Backenzahn. Hinter meiner Unterlippe sammelt sich Blut. Ein zähflüssiger Tropfen rinnt über mein Kinn und tropft dick auf die Straße.

Verdammte Scheiße – ich lebe!

Lachend umarme ich meine Knie. Quetsche alle meiner Scherben wieder zu einem *Ich* zusammen. Die warme Luft wabert völlig ausgeleiert um mich herum. Und ich bin *erleichtert.*

Ich drehe knirschend meinen klaren Kopf und erblicke meinen Angreifer. Ein weißer Transporter steht verzerrt und wutschnaubend hinter mir. Ein ebenso zornig aussehender Mann öffnet die Fahrertür.

»Du hast wohl keene Augen im Kopp, Mädel!«, donnert er beim Aussteigen. »Hier is' rechts vor links, Mensch! Kannst von Glück reden, dass de noch lebst!« Er spuckt mir seine Worte entgegen und kommt mit strammen Schritten angelaufen. Meiner Kehle entweicht ein kurzes, kräftiges Lachen. *Was für ein witziger, mies gelaunter Mann.*

Er kniet sich dicht neben mich und schaut mir eindringlich ins Gesicht.

»Du musst doch *kieken*, Mensch!«, sagt er in einem ruhigeren Ton. Er reicht mir eine schwielige Hand. Ich lege meine taube Hand in die seine und gemeinsam raffen wir mich auf.

Ein Riss zieht durch meine Lungen. Die Bäume an der Straße krümmen sich mit mir vor Schmerzen. Aber nach ein paar Sekunden ist der Schmerz wieder verflogen. Die Strumpfhose ist zerrissen, durch ein klaffendes Loch glänzt mein blutiges Knie. Ich spüre es nicht. Vor meinen Schuhen liegen pfirsichfarbende Lacksplitter auf dem Grau der Straße. Langsam hebe ich den Blick – mein Rad hat sich zusammengekrümmt. Elvys Pullover klemmt im deformierten Fahrradkorb. Einige Speichen sind gebrochen, das Vorderrad ist gewellt und der Reifen ist aufgeplatzt. *Es tut mir so leid. Ich hätte besser auf dich aufpassen sollen.*

»Na da haste uns ja ordentlich was eingebrockt.

Don-ner-wet-ter!« Der grimmige Mann geht zu seinem Fahrzeug und begutachtet dessen zerkratzte Motorhaube. Ich versuche, mich daran zu erinnern, wo ich hergekommen bin. Die Straße ist verbeult. Der Himmel eingedellt. Mein Rucksack liegt ein paar Meter entfernt zwischen zwei parkenden Autos.

»Also dit wird einiges kosten«, meckert er. »Muss ja neu lackiert werden allet. Ick ruf' jetz die Polizei.« *Was? Ich habe keine Zeit für so einen Quatsch!*

Während seine großen Hände die Latzhose offenbar nach einem Telefon durchsuchen, schleiche ich mich um ihn herum. Langsam löse ich den dunkeldunkelgrünen Hoodie aus dem Fahrradkorb und werfe einen letzten Blick auf mein fabelhaft schönes Rad. Dann schnappe ich mir leise den Rucksack und schlüpfe zwischen den Autos hindurch.

Ein schmaler Weg führt zwischen zwei Grundstücken in eine Kleingartensiedlung hinein. Ich laufe, so schnell meine Beine es zulassen. Zwar habe ich keine Schmerzen, scheine aber doch verletzt zu sein. Mein linker Fuß gibt bei jedem Schritt seltsam nach. Ich humple durch einen Torbogen, hinter mir ertönt entferntes Schimpfen. Ich folge dem Weg an kleinen Schrebergärten hinter immergrünen Hecken vorbei. An der ersten Kreuzung halte ich kurz inne, die Aussicht ist in alle

Richtungen gleich. Ein langer Weg, gesäumt von hohen, gerade gestutzten Büschen. Ein nicht enden wollender Irrgarten. Der Wind weht mich nach rechts. Auch hier gleicht ein Grundstück dem anderen. Der Boden ist schief und meine Augen suchen träge nach einem Ausweg.

Ich hinke weiter und ziehe das Handy zu Rate. Das Display ist gesprungen. Schwach zeigt es vier Prozent Akku.

Shit.

Ich stecke das Telefon wieder weg und irre weiter. Hinter einer der dichten Hecken dudelt ein heiseres Radio. Je tiefer ich in das Labyrinth eindringe, desto höher werden dessen grüne Wände. Über mir fließt zwischen den Blättern der blaue Himmel wie ein rauschender Fluss. Ein fast voller Mond folgt den Spuren der mittlerweile recht tief stehenden Sonne. Den Blick nach oben gerichtet folge ich den mitreißenden Stromschnellen. In meinen Augen mischen sich Sonnenstrahlen und Mondlicht. Ich bin auf einem fremden Planeten gelandet.

Schließlich erreiche ich eine Weggabelung und folge meiner Intuition und dem links abzweigenden Weg. Nach wenigen Minuten führt er mich aus der Kleingartensiedlung heraus. Freudig windet er sich, nun frei, in kleinen Kurven um Baumstämme und Sträucher.

Ich lasse ebenso gern die monotonen Gartenzellen hinter mir und schleppe mich wie ein lahmendes Reh in den Wald hinein.

32

Ich wanke zwischen haushohen, schlanken Baumstämmen hindurch. Tief hinein in die plötzlich eintretende Stille der Natur. Nur der vibrierend helle Ton in meinen Ohren bleibt. Der geschwungene Weg wird immer schmaler, wie ein sprudelnder Bach versucht er mir zu entfliehen. Zunehmend schwungvoller schlängelt er sich um alte und junge Bäume, lässt mich unter umgestürzte Äste krabbeln und durch kleine Pfützen tauchen. Meine Schuhsohlen schmatzen über den lehmigen Boden.

Bald ist es nicht mehr als ein Trampelpfad, dem ich mit holprigen Schritten zu folgen versuche. Mein Blick schleppt sich über meine erschöpften Füße langsam hinauf zum Himmel. Die Sonne lässt ihr aufmunterndes Licht auf mich fallen. Zerteilt durch Hunderte blanker Äste und Zweige segelt es in hellen Fetzen zu mir herunter. Legt sich auf mein Gesicht, rutscht hinab auf die Schultern, landet sanft auf meiner ausgestreckten Hand. Ich suche Halt an geduldiger Rinde. Schließlich versickert der Pfad im moosig grünen Waldboden und lässt mich allein.

Ich halte inne und atme gegen die aufkommende Übelkeit. Es duftet nach Büchern. Mein Blick klettert die Bäume hinauf. Ich stehe inmitten einer Stadt aus Holz, ihre Hochhäuser reichen weit verzweigt bis in den Himmel. Langsam wandle ich durch das verwahrloste Gestrüpp. Vorbei an umgestürzten Bäumen, deren überwältigte Wurzelballen aus der Erde ragen. Niemand ist zu sehen. Der feuchtgrüne Boden verschwindet immer mehr. Wird zunehmend bedeckt von den braun getrockneten Blättern des letzten Jahres. Meine dreckigen Turnschuhe rascheln durch die dicke Schicht Laub, wühlen es auf und erschaffen neue Straßen. Krachend zerbrechen die Blätter unter meinen Sohlen. Hinter mir wirbelt eine Spur feiner Staub in der Luft.

Der pfeifende Ton in meinem Kopf ist mir kilometerweit in den Wald gefolgt. Mittlerweile hat er sich quer durch mein Gehirn gebohrt, um sich auch in meinem zweiten Ohr zitternd auszubreiten. Mein Kiefer ist angespannt und mein Gesicht verkrampft immer mehr. Als der dröhnende Ton kaum noch auszuhalten ist, bleibe ich stehen. Mit zusammengekniffenen Augen versuche ich meine Gedanken zu hören, die mich leise an etwas erinnern wollen.

Einatmen – ausatmen.

Ich nehme einen kräftigen Atemzug. Das Pfeifen vibriert noch immer stark. Konzentriert fühle ich in meine sich wieder leerenden Lungen. Ich atme so tief wie möglich einen neuen Schwall frischer Waldluft ein. Spüre, wie meine Bronchien sich füllen. Dann halte ich die Luft an und den Schmerz in den Lungen aus. Als es nicht länger geht, stoße ich die verbrauchte Luft wieder heraus. Ich spüre meinen Puls in den Fingerkuppen.

Einatmen – ausatmen.

Ich lehne mich an den glatten Stamm einer blatt-losen Buche und schließe die Augen.

Einatmen – ausatmen.

Es wird stiller.

Einatmen –

Es riecht nach Papier.

Ausatmen.

Der Ton in meinem Kopf verstummt nahezu und alles um mich herum erwacht zum Leben. Äste knar-zen, Vögel lachen und schimpfen, Bäume schwingen ihre Kronen seufzend im Wind. Das Orchester kommt näher. Eine Symphonie aus zarten Klängen und lautem Knacken – ich frage mich, wie viele dieser Geräusche aus meinem Körper kommen.

Ich will weiter.

Als ich die Augen wieder öffne, hat sich die Wald-stadt verändert. Ein bunter Einwohner schaut aus sei-nem hoch gelegenen Fenster zu mir herab.

Ich stapfe weiter, vorbei an den Häusern aus Holz.

Schiebe meine Füße tief ins Innere des Waldes.

In einiger Entfernung liegt ein kleiner See. Zwischen den Bäumen hindurch reflektiert das Licht der Sonne grell von seiner bewegungslosen Oberfläche zu mir. Sein geduldiges Wasser ist gefroren. Hier treffen heute die Jahreszeiten aufeinander. Die stumpfe Schicht Eis knackt unter der Last der Kollision. Gestern war Winter, bald beginnt der Sommer, und ich bin dazwischen. Bewege mich durch die Zwischenzeit. Wonach ich suche, weiß ich nicht. Bis ich schließlich an eine Stelle gelange, die neues Leben verspricht.

Eine winzige Blüte schmunzelt zwischen den trockenen Blättern hervor. Ein gelber Stern mitten in all dem welken Braun. Schlagartig fühle ich mich zu Hause. Ein paar wenige Blätter hängen leblos an dünnen Zweigen und tupfen ihre Schatten an die furchige Rinde eines dicken Baumes. Der Boden davor erinnert mich, bedeckt mit all dem beigen Laub, an mein Bett zu Hause.

Ich bin angekommen.

Erschöpft lege ich Elvys Hoodie und den Rucksack ab, die sich beide sofort tief in die Blätterdecke hinein rascheln. Dann schlüpfe ich aus meinem Weihnachtspulli, breite ihn neben dem dicken Baumstamm auf dem Boden aus und setze mich darauf. Die Luft strömt und um mich herum schwirren überall bunte Punkte. Ich lehne mich an die krustige Rinde und lasse für einen Moment die Augen ausruhen. Der Baum wiegt mich sanft hin und her. Ich hebe eine Hand an den schmerzenden Schädel, spüre eine nasse, warme Stelle hinter meinem rechten Ohr. Meine Finger folgen der Halskette meiner Mutter hinab bis zum Anhänger. Der Amethyst funkelt grün im Sonnenlicht. Ich drehe ihn zwischen den Fingern und hinterlasse einen roten Schleier auf dem Stein. Was vom Nagellack auf meinen Fingernägeln noch übrig ist, schimmert in allen Farben.

Ich löse mich vom Baum und ziehe den deformierten Rucksack zu mir. Er ist schmutzig und weigert sich, meine Sachen frei zu lassen, den Reißverschluss mit aller Kraft zusammengekrallt. Als ich ihn endlich kräftig überredet habe, sein Maul für mich zu öffnen, ziehe ich als Erstes eines meiner Lieblingsbücher daraus hervor. Ich lege *Komm, ich erzähl dir eine Geschichte* in den Schoß und wühle auch die anderen Dinge aus dem Rucksack. Die vier restlichen Schokoladentafeln sind zerbrochen, ich fühle die Bruchstücke unter dem Papier. Die Zigarettenschachtel ist zerknüllt. Der Geruch des Tabaks lässt meine Übelkeit zurückkehren. Die volle Pillendose rasselt im Inneren des Rucksacks, als ich darin herumtaste. Mein Notizbuch ist unversehrt und die Sonnencreme zum Glück noch verschlossen. Ein Röhrchen Seifenblasen ebenfalls. Ich fische ein weiteres Lieblingsbuch heraus und puste die Tabakkrümel vom

Buchcover. Der Gedichtband von Emily Dickinson ist wohlbehalten, ein Exemplar aus dem Antiquariat.

Magnus.

Ich lege es auf einen schattigen Platz auf der Weihnachts-Picknickdecke. Daneben finden ein Knäuel Avocado-Socken und ein zweites, fliederfarbenes Paar mit Pommesaufdruck ihren Platz. Zuletzt hole ich die Packung Kaugummis heraus.

Der Rucksack liegt leer und ausgelaugt vor mir. Ein hellblaues Rechteck – wie eine verlorene Scherbe des Himmels. Wolkenlos. Ich ziehe mein Notizbuch zu mir heran und nehme die behüteten Fotos heraus. In gleichem Abstand reihe ich die Bilder aneinander, bis sie wie ein Regenbogen vor mir auf dem dunkelgrünen Stoff liegen. Mein Blick wandert langsam von einem vergangenen Moment zu nächsten. Wir. Beim Abiball. Und im Sommer davor neben unseren Fahrrädern im Gras. Als es noch ein *Wir* gab.

Mein Grinsen am Mittelmeer. Elvys Grübchen in Schwarz-Weiß. Unsere Bierflaschen im Fotoautomaten. Mama im Nordseewind.

Ein letztes Mal schaue ich auf mein Handy. Zwei Prozent. Mein goldlackierter Mittelfinger zeichnet die Risse des gesprungenen Displays nach. Wie kann etwas so zerbrochen, so *irreparabel* kaputt sein und sich dennoch derart unversehrt anfühlen? So glatt, glühend, intensiv, zuversichtlich ... fast *lebendig?* Ich tippe den Code ein und schicke Elvy meinen aktuellen Standort.

Dann öffne ich das digitale Fotoalbum und tippe auf den Favoriten-Ordner. 2.239 Bilder. Ich scrolle durch den Flickenteppich meines Lebens. Große Gefühle, warme Momente zusammengestaucht in winzige Quadrate. Prall gefüllt, bunt. Ein Prozent. Elvys Antwort landet vibrierend in meiner Hand. Ich lese sie nicht.

Stattdessen betrachte ich den digitalen langen Schatten eines Spatzes auf dem Gehweg. Ein aufgeschlagenes Buch zwischen cognacfarbenen Laken im Schein der Morgensonne. Das jüngste Blatt von Herbert. Hellgrün zusammengerollt – noch zu schüchtern für die Welt. Das Licht der untergehenden Nachmittagssonne durch die beschlagenen Scheiben einer Straßenbahn. Schneeflocken in Slow motion. Der Milchstrudel in meinem Tee. Eisschollen auf der Spree. Mel bei unserem Spaziergang über den zugefrorenen Kanal. Wir beide neben einem im Eis gefangenen Boot. Gefolgt von einer Aneinanderreihung von Buchcovern. Eine Wunschliste.

Ich schließe den Ordner mit meinen Lieblingsbildern und mein Blick fällt auf ein anderes Album. Elvy und mein Grinsen als Titelbild der neuesten Fotos. Ich tippe darauf und betrachte unsere strahlend nassen Gesichter, im Hintergrund die Spree. Ich drücke auf das kleine graue Herzsymbol unterhalb des Bildes. 2.240 Bilder in meinem Favoritenordner. Das Display erlischt und lässt einen leblosen, schwarz glänzenden Metallkasten in meiner Hand zurück.

Für immer Flugmodus.

33

Irgendwo über mir ruft ein Kuckuck die Uhrzeit aus. Ich lege mir Elvys Hoodie über die Schultern und lasse mich von ihr umarmen. Das Notizbuch liegt aufgeschlagen im Sonnenlicht, die leeren Seiten strahlen hoffnungsvoll. Meine Finger kribbeln, als sie meinen Lieblingsstift umklammern. Euphorisch gleitet er über das leicht wellige Papier. Schreibt mich aus der Dunkelheit hinaus ins Tageslicht. Erzählt von Dankbarkeit und Wut. Von Tränen und Mut. Schreibt mein Lachen auf ein Blatt. Ein Stück Pizza unter meeresblauem Himmel auf das Nächste. Eifrig füllt er Seite für Seite mit meinen Gegenwartserinnerungen.

In der Ferne verausgabt sich ein Specht und holt mich aus meinen Erinnerungen an die vergangenen Stunden zurück in den Moment. Wieder und wieder pocht er in regelmäßigen Abständen gegen einen hohl klingenden Stamm. Ein anderer Vogel meckert dazwischen, beschwert sich über den lärmenden Nachbarn. Ich schaue hinauf zu den langen Ästen der Bäume, die bis zum Himmel ragen, und lausche. Hunderte Vögel singen und jede Sekunde werden es mehr. Sie krächzen, piepsen, lachen, pfeifen, witzeln und zwitschern. Zu sehen ist keiner von ihnen. Der Klangteppich des

Waldes ist durchzogen von einem dünnen Faden – den anhaltend surrenden Ton in meinen Ohren. Darüber rauscht der Wind. Er weht um die Baumstämme herum zu mir herab und streichelt durch mein Haar. Dann taucht er ein in die dicke Laubschicht, die den Boden bedeckt. Die federleichten Blätter wirbeln in die Luft hinauf. Sie tanzen und drehen sich wild umeinander. Nach wenigen Sekunden zieht der Wind weiter und lässt die Blätter schwerelos in der Luft hängend zurück. Ich halte die Luft an. Schneekugelmoment. Nach und nach segeln die Blätter um mich herum raschelnd wieder zu Boden. Ein letztes trödelndes Blatt landet still auf meinem Oberschenkel. Meine Beine fühlen sich seltsam klumpig und taub an. Ich umarme das kantige Blatt mit meiner Hand und es zerbröselt zu Staub, der in die Luft steigt. Es duftet nach Zimt und Mamas Keksen.

Ich lege das pralle Notizbuch beiseite und ziehe meine Knie dicht zu mir heran. Erst jetzt entdecke ich wieder das klaffende Loch in der Strumpfhose und die aufgeschrammte, rot glänzende Haut. Es sieht schmerzhaft aus, aber ich empfinde noch immer nichts. Unterhalb der frischen Wunde ertaste ich meine Narbe aus der zweiten Klasse. Fahrradfahren zu lernen war ein Krampf. Doch wenn ich jetzt daran zurückdenke, war es eine seltsam schöne Zeit. Ich erinnere mich an so viele Tage, an denen mich Mama auf einem lila Rad durch unsere Straße schob, weil Papa schon längst die Geduld mit mir verloren hatte. Ich hatte unendlich große Angst. Mama unendlich große Zuversicht. Immer wieder fuhren wir im Schneckentempo den Bürgersteig hinauf und wieder hinunter. Mamas rechte Hand über meiner am Lenker, ihre Linke stützend an meinem Rücken. Die Straße hinauf und wieder runter. Tagelang. Vermutlich monatelang.

Meine erste Fahrt allein klappte an einem Tag wie heute. Ein warmer Wind wehte mir um die Nase. Mama und die Sonne jubelten mir hinterher, als ich in die Pedale trat und das erste Mal ganz allein davonfuhr. Voller Überraschung über meinen plötzlichen Erfolg drehte ich mich nach wenigen Metern fröhlich zu ihr um. Wollte sehen, ob sie meine Weltmeisterleistung auch wirklich beobachtete. Ungeschickterweise riss ich neben dem Kopf auch den Fahrradlenker ruckartig zur Seite. Mama winkte noch aufgeregt nach vorne, bevor ich samt Rad scheppernd auf dem Bürgersteig landete. Mein Knie blutete wie Sau und Mama entschuldigte sich noch Jahre später dafür, dass sie mich zu früh losgelassen hätte. Ich dagegen zeigte jedem in der Schule meine mutige Narbe am Knie. Ich war so stolz.

Als ich das Notizbuch wieder zur Hand nehme, fällt ein liniertes Blatt heraus. Ich lege das Buch nieder und falte das Papier auseinander.

Meine Bucket List!

An sie habe ich gar nicht mehr gedacht. Ich überfliege die Liste erneut: Tauchen ... studieren ... Dreimeterbrett. Meine Augen schmunzeln, mein Mund lächelt, grinst, muss schließlich lachen. Mein 14-jähriges Ich hat sich die Ausgestaltung dieser Lebensideen sicherlich anders vorgestellt. Ich denke daran zurück, wie ich mir damals mein Leben in bunten Farben ausgemalt habe. Selbstständig, frei, weltreisend und verliebt. Jeder Tag gefüllt mit Erlebnissen, die zu Geschichten für die Ewigkeit werden sollten. Sensationell. Meine Finger tanzen vergnügt über meine jugendlichen Pläne. Mein Herz hämmert glücklich, bis meine Rippen knacken. Langsam, aber sicher zersplittert alles in mir. Mein Skelett zerbröselt und sickert ins umliegende Fleisch. Ich fühle, wie ich immer leichter werde. Mein Blick krallt sich an den Fotos vor mir fest, damit ich nicht davonschwebe. Heften sich an den blonden Lockenkopf.

Mark.

Gemeinsam ins Bett zu gehen und dann vor Aufregung nicht schlafen zu können. Im Morgengrauen am Fenster zu stehen und sich schon ungeduldig auf die ungeborenen Gespräche des frisch angebrochenen

Tages zu freuen. Zurück ins Bett hüpfen, wenn du endlich müde deine Augen aufschlägst. Ich dachte, du seist die Liebe meines Lebens. Du hast meinem Herzen bedingungslose Hingabe beigebracht und es damit für immer verdorben. Du hast in mir die größte aller Narben hinterlassen.

Aber es hat sich gelohnt. Es hat sich alles gelohnt.

Das Beben vor Traurigkeit und die Angst und das Weinen und die Wut und die Einsamkeit. Erst durch dich weiß ich, zu welch großem Ausmaß an Gefühlen mein kleines Herz fähig ist.

Und was wäre mein Leben gewesen ohne Gefühle ...
Danke dafür.

Mein Mund ist trocken und ich taste nach meiner Pillendose. Lege eine der glatten Pastillen auf meine hölzerne Zunge. Knacke sie zwischen den Zähnen auf. Sie schmeckt süß, wie Blut mit Zucker. Dann bitter. Ich schiebe einen Kaugummi hinterher und sofort verbreitet er den Geschmack von Mojito am Strand. Kauend greife ich zur Sonnencreme und quetsche einen weißen Klecks auf meinen Handrücken. Es duftet sofort nach Urlaub. Die Erinnerungen ans Meer breiten sich in meiner Nase aus. Schwimmflügel. Die Tränen, wenn die Bürste am salzig verknoteten Haar zerrt. Mamas sonnenverbrannte Arme und ihr tröstendes

Flüstern gegen die Angst vor zu großen Wellen. Die Hände voller Muscheln. Der nackte Fuß auf einer Qualle. Ein Urlaubsflirt. Kokosnüsse und heimliche Küsse. Ein Sonnenuntergang, der wie ein Ölschleier auf dem Wasser treibt. Minze, Rohrzucker und falsche Entscheidungen. Das Knirschen von Sand, wenn man das Ohr auf das Badehandtuch legt. Mama, wie sie beim Lesen eines dicken Wälzers vor Spannung an ihrer Unterlippe kaut. Ihre schmale Zahnlücke. Der Wind vom Meer, der in meinem Buch blättert. Papa hinter einer tiefschwarzen Sonnenbrille. Ein letzter gemeinsamer Sommer. Danach nie wieder Meer.

Ich höre das Echo eines vorbeiziehenden Flugzeugs. Meine Zunge schmeckt noch das Meersalz, als aus meinem Mund eine rosa Blase aus Gummi gleitet. Sie wächst und wächst, ist bald so groß wie ein Planet. Löst sich von meinen Lippen und schwebt davon, um sich einen Platz am Firmament zu suchen. Ich schaue hinterher, bis nur noch ein winziger rosa Punkt zu sehen ist, der in der Ferne verschwindet.

34

Meine Beine scheinen endgültig eingeschlafen zu sein. Auf meinem Knie hat sich mittlerweile eine rostbraune Borke gebildet. Wäre ich ein Baum, ich wäre eine Korkenzieherweide. Im Winter würde ich Schneeflocken auf meinen welligen Zweigen sammeln. Im Frühjahr die Vogelnester mit meinen Ästen umarmen. Im Sommer meine sonnenbeschienenen Blätter im Wind wiegen. Und sie im Herbst davonfliegen lassen.

Ich hebe die Hände und betrachte sie im Schein der unerschütterlichen Sonne. Die Rillen auf meinen Fingerkuppen gleichen den Ringen eines aufgeschnittenen Baumstammes. Beschreiben diese feinen Linien in meiner Haut die Anzahl meiner Lebensjahre?

Aus meinem Augenwinkel sehe ich, wie sich etwas bewegt und ich blicke auf. Ein paar Meter vor mir huscht ein kleiner roter Fuchs an einem Baumstamm hinauf. Oben fliegt er mühelos von Ast zu Ast. Lachend winke ich dem flauschigen Tier hinterher. In mir kribbelt und kitzelt es überall. Glühwürmchen erhellen millionenfach mein Inneres. Ich spüre sie in meinen Blutbahnen leuchten. Um meine Seele herumschwirren. Mich überschwemmt ein Gefühl von Sommer.

Der Geruch von Basilikum strömt durch meine

Gedanken.

Getreidefelder im Wind.

Blutrote Kirschen.

Sich stundenlang auf einem Steg am See in den Nachthimmel träumen.

Mückenstiche.

Wenn nach einem kurzen Sommerregen die heißen Straßen dampfen.

Hitzewellen.

Ein Blick in den Meeresspiegel am Morgen.

Schmelzendes Eis, das aus der Waffel über die Finger rinnt.

Freiluftkino.

Rotweinschorle.

Elvy.

Die Erinnerungen an alle meiner Sommer benetzen meine Haut. Ich wische mir die glitzernden Schweiß-tropfen aus den Augen. In meinen Ohren hallt ein ge-meinsames Lachen. Ein Lachen, bis die Tränen kom-men. Lachen, bis der Bauch verkrampft.

Mel.

Schneeknirschen.

Mitternachtsfilme.

Weihnachtsmärkte und kalte Finger um heiße Glühweinbecher.

Die Zusage fürs Studium im Briefkasten.

Professor Thalwald.

Weihnachtsblues.

Keksteig von den klebrigen Fingern knabbern.

Erinnerungen und Gefühle fluten meinen Körper. Dankbarkeit quillt aus jeder Zelle.

Die Liebe meines Lebens war mein Leben.

Ich fühle eine sich ausbreitende Nässe in mir.

Mein Kopf kribbelt, als ich mit zittriger Hand wieder nach der Pillendose taste.

Zwei kleine Tabletten rutschen über meine Zunge.

Ich bin müde.

Spüre, wie mich eine helle Wärme durchströmt.

Noch heller als Elvys Augen, was eigentlich gar nicht möglich ist.

Vielleicht mache ich erst mal ein Nickerchen.

Schlaftrunken sinken meine Finger ins spröde Laub und finden einen kleinen, weichen Stern. Als wären sie durch meine Berührung erweckt, schieben sich Hunderte Frühblüher durch das knusprige Laub ans Tageslicht. Augenblicklich ist der Waldboden übersät mit gelben, sternförmigen Blüten. Eine plüschige Hummel fliegt aufgeregt umher. Nur wenige Millimeter über der Erde brummelt sie von einem Blümchen zum nächsten.

Meine Lungen verkrampfen sich und ein stechender Schmerz schießt durch meinen Brustkorb. Mühselig fummle ich auf der Suche nach Rettung wieder in der kleinen Dose herum. Eine Handvoll Schneeflocken.

Auf dem See knirscht das Eis und zwischen meinen Zähnen weitere Pillen. Ich schließe die Augen und lausche den zarten Blütenblättern, die sich von unten gegen die Eisschicht stemmen. Es knackt und kracht. Kraftvoll durchstoßen sie die starre Oberfläche und entfalten sich ins Freie. Große Eisschollen und kleine Splitterteile treiben davon. Der Sahara-Wind weht über der Arktis. Die Polarkappen schmelzen. Drei Grad mehr auf der ganzen Welt. Auch ich schmelze.

Das bittere Pulver in meinem Mund löst sich auf.

Frische Knospen schieben sich aus den Spitzen dünner Zweige. Die letzten vertrockneten Blätter lösen sich und fallen lautlos zu Boden.

Ich falle mit.

Danke fürs mutig sein, Johanna!

Danke fürs Überwinden. Fürs Innehalten und das Leben Wahrnehmen. Fürs Hinsehen und Zuhören.

Fürs Durchhalten.

Fürs Spazierengehen, wenn du kaum noch die Kraft aufbringen konntest, das Haus zu verlassen. Fürs Trotzdem-Machen. Danke fürs Aufgeschlossen-Bleiben. Fürs Nichts-Bereuen. Fürs Häufig-gegen-den-Kopf-Entscheiden. Und eher für den Abend, statt für den Morgen danach.

Und fürs Herz-wieder-Öffnen.

Danke, dass du das Beste aus meinem Leben gemacht hast!

Ich schreibe diese letzten leisen Zeilen ins Notizbuch. Meine Schrift sieht fröhlich aus. Quietschvergnügt schieben sich krakelbunte Buchstaben eng aneinander oder schlendern in weiten Abständen über die Seiten. Sie leuchten, tanzen aus der Reihe und feiern meine Erinnerungen. Feiern mein Leben. Die letzten Seiten strahlen eine cremeweiße Ruhe aus, der ich nur mit einem Lächeln begegnen kann.

Der Wald rückt näher an mich heran. Die Bäume schieben sich enger zusammen, die blühenden Büsche kuscheln mich ein. Das frische Grün verdichtet sich über mir zu einem Blätterdach und überall sprießen zarte Gräser. Ich fühle mich warm und geborgen.

Rote Feuerkäfer sitzen aneinandergedrängt am benachbarten Baumstamm, sie knistern und schlagen Funken. Die Luft um sie herum flirrt. Ein Funken springt über und zündet mein Herz an. Es brennt lichterloh.

Die Zündschnur knistert.

Warten auf das Feuerwerk.

Was Herbert wohl gerade macht?

Weit über mir zieht trötend ein Vogelschwarm in V-Formation vorbei.

Flamingos.

Knallpink auf zitronenblauem Himmel.

Willkommen zurück!

Meine Lungen lassen ein tiefes Seufzen von sich.

Mein Stift hat alles gesagt.

Mein Herz ist leer geschrieben.

Den Rest muss ich alleine gehen.
Das habe ich schon vor langer Zeit beschlossen.

Hallo Mama, ich hab dir viel zu erzählen.

Dankeschön

Danke meinen Herzensmenschen Mama und Papa. Meinem Mann, der mir für das stürmische Schreiben dieses Buches den Rücken freigehalten hat. Danke an meinen Lieblingsmenschen Charlie, der mich jeden Tag daran erinnert, wie wundervoll die Welt ist, wenn man sie durch Kinderaugen sieht. (»Wir haben die größte Welt des Lebens, ist das nicht toll?«)

Danke an meine Lektorin Ellen Rennen, meine Korrektorin Mathilde Fischer und Stephie, die meinem Text den letzten Schliff verliehen haben. Meinen Testler:innen Jana, Juliane, Mama, Mo und Sascha danke ich für ihre Meinungen. Und Frau Mainka von BoD, für die fabelhafte Betreuung und das Beantworten meiner vielen, vielen Fragen.

Danke all meinen Freund:innen und Kolleg:innen, die diesem Buch schon weit vor der Veröffentlichung ihr Herz geschenkt haben.

Und nicht zuletzt danke dir; dass du meinen Worten deine Zeit geschenkt hast.